JEAN-PHILIPPE TOUZEAU

Jean-Philippe Touzeau est un auteur respecté dans la blogosphère francophone. Ses articles, aussi bien des essais que des œuvres de fiction, sont lus par des dizaines de milliers de lecteurs, l'un de ses textes ayant même été choisi comme sujet au bac de français en Algérie.

Ses livres de la série *La femme sans peur* (41 000 exemplaires vendus) et le guide *Réveillez votre génie* (3 500 exemplaires) ont atteint la 1ère place de la boutique Kindle (toutes catégories confondues), alors que ses autres œuvres de fiction sont elles, toutes entrées dans le Top 100.

Vous pouvez suivre l'actualité de Jean-Philippe sur son blog : revolutionpersonnelle.com

***La femme sans peur* a elle aussi sa page que vous pouvez consulter sur : lafemmesanspeur.com**

Du même auteur aux éditions 88SEEDS

COMME LE VENT (COMO EL VIENTO)

RÉVEILLEZ VOTRE GÉNIE !

NE CROYEZ PAS AUX HISTOIRES DE PRINCESSES

ÊTES-VOUS UNE SARDINE ?

LE DERNIER DES OPTIMISTES

JE VEUX UNE DEUXIÈME VIE

LA CONFIANCE EN SOI EST UN SPORT MANUEL

RÉVEIL ULTRA MATINAL

LA FEMME SANS PEUR – VOLUME I

LA FEMME SANS PEUR – VOLUME II

LA FEMME SANS PEUR – VOLUME III

LA FEMME SANS PEUR – SPIRALE I

LA FEMME SANS PEUR – VOLUME IV

LA FEMME SANS PEUR

VOL.5

88SEEDS

JEAN-PHILIPPE TOUZEAU

88SEEDS

« On ne voit bien qu'avec le cœur. L'essentiel est invisible pour les yeux. »

– Antoine de Saint-Exupéry

RÉSUMÉ

DES VOLUMES PRÉCÉDENTS

Tellement de choses se sont passées dans la vie de Trinity depuis le premier Boli-Stolli, depuis la première pilule anti-peur, depuis la première (et seule) nuit avec Gianmarco, le bien-aimé mystérieusement disparu. La chaleur de Las Vegas est loin maintenant et les températures italiennes sont bien plus fraîches.

Sur les rives du lac d'Orta, les révélations de la nonna, ancienne de la CIA, ont bouleversé Trinity. Pour sauver son petit-fils, elle accepte, avec son amie Damiana, d'aider l'Américaine. Les voilà qui non seulement reprennent du service mais initient Trinity aux techniques d'espionnage.

Cela permet à cette dernière, qui a trop bien appris, d'échapper au piège tendu à Milan par Jeffrey et ses agents, manquant même de le tuer. Elle exécute ainsi sa partition d'apprentie espionne à merveille aidée, de loin, par un Speedy qui se démène comme un petit diable. Malgré tout, Trinity est toujours poursuivie et traquée. Alors, grâce à la complicité involontaire d'un Japonais fashionista, Shunichi Kobayashi, elle prend le large en direction de Parme pour tenter de disparaitre des radars.

Ceci dit, l'ultime piste pour retrouver Gianmarco, c'est Paul Davenport, le créateur des fameuses pilules, qui la détient. Et c'est Christina, la nouvelle amie de Trinity qui s'y colle. Arrivera-t-elle à faire parler le chimiste ?

Et Trinity ? Est-elle maintenant en sécurité sur les routes italiennes ? Va-t-elle se remettre de tous ces chocs psychologiques qui ont bouleversé son existence tranquille et banale ?

Il ne faut jamais sous-estimer ses ennemis, dit-on, qu'ils soient extérieurs... ou intérieurs.

PROLOGUE

CHRISTINA marche lentement dans le parc.

Elle a suivi toutes les instructions données par Harvey Wilkins, l'avocat-oncle de Trinity. Elle est allée à Boston et en est revenue abattue, pleine d'amertume.

Tout ça, pour ça.

Toutes ces courses, toute cette agitation, toutes ces angoisses partagées pour que cela se termine de cette façon.

Elle regarde son téléphone portable au creux de sa main. Non, Trinity ne l'appellera plus pour lui confier ses dernières découvertes, pendant ses recherches en Italie. Ils lui manqueront, ces petits coups de fil, angoissés ou joyeux, au fil de ses aventures.

Christina relève les yeux. Là-bas, Célestina joue sur une balançoire poussée par un Oscar au visage fermé. Il ne quitte pas son amie du regard.

La petite fille rit aux éclats et allonge encore ses jambes pour aller plus haut dans les airs.

L'air est frais malgré le soleil baignant Las Vegas. Le désert enserre la ville dans un froid qui s'accroche aux pierres et arbustes des collines déchiquetées du Nevada.

La Salvadorienne soupire.

Que va-t-elle faire maintenant ?

L'enveloppe remise par Wilkins était suffisamment généreuse pour qu'elle puisse souffler et se retourner. Elle aura plus de temps pour trouver un nouveau job.

A-t-elle encore envie de se battre ?

Une idée lui vient. Pourquoi ne pas retourner dans son pays ? Ce n'est pas que le Salvador lui manque mais Christina en a ras-le-bol de lutter quotidiennement pour joindre les deux bouts.

Elle est écœurée.

Elle le sait, son profond vague à l'âme vient du fait que son amitié naissante avec Trinity n'ira pas plus loin. Par pudeur, elles n'ont même pas eu le temps de s'ouvrir au plaisir partagé du tutoiement.

Quelle mouche a piqué son amie ? Comment a-t-elle pu agir ainsi ? Ce ne peut être qu'un effet secondaire des pilules... Autrement, ce ne se serait jamais terminé comme ça...

Elle baisse la tête. Une larme perle au coin de son œil.

« Je dois rester forte, murmure-t-elle. Je dois rester forte... pour elle. »

S'essuyant les joues pour que Célestina ne se rende compte de rien, elle revient vers les balançoires.

« Maman ! Regarde, je vole ! »

La petite lève toujours ses jambes serrées avec fougue tandis qu'Oscar tente de contrôler le rythme de plus en plus rapide de la balançoire.

« On y va ? »

Le ton sans chaleur de sa mère cueille à froid Célestina.

« D'accord. »

Elle saute avant l'arrêt total et vient prendre la main de sa mère, l'observant du coin de l'œil. Oscar s'approche, sautillant légèrement sur ses pieds, mal à l'aise.

« Tu veux faire quoi maintenant ?
— Rentrer.
— On pourrait peut-être s'arrêter chez Krispy Kreme ?
— Oui maman ! Un donut ! Moi je veux celui recouvert de chocolat et rempli de crème chantilly.

— Non Célestina, on rentre.
— Maman !... »

Oscar attrape la main de la petite.

« On va déposer ta maman à la maison et ensuite on ira chercher une boîte de donuts tout chauds, d'accord ? »

Il regarde avec insistance Christina. Cette dernière soupire.

« Comme vous voulez.
— Super ! »

Célestina court vers la voiture en riant.

Ils la suivent du regard.

« C'est si dur que ça ?
— Tu ne peux pas comprendre...
— Et pourquoi pas ? Même si je ne suis pas à ta place, je veux t'aider. Il faut que tu réagisses. Tu t'es laissée aller quelques jours, d'accord. Maintenant tu dois te secouer. Célestina a besoin de toi. Elle a besoin de la chaleur de sa maman et de sa bonne humeur.
— Personne ne réalise.
— S'il te plaît, arrête de t'apitoyer sur ton sort. »

Christina fusille du regard Oscar qui avait haussé le ton.

« Personne ne peut comprendre son geste... À part moi. J'aurais dû faire quelque chose. »
Elle secoue la tête.
« Oui, j'aurais dû faire quelque chose... »

La Salvadorienne ne termine pas sa phrase. Elle souffle encore, c'est presque un gémissement.

« Si j'avais su... »

Elle ne peut terminer sa phrase. Oscar hésite, puis passe un bras autour des épaules de son amie.

« Ce n'est pas de ta faute. Elle a fait un choix. Tu n'as rien à voir là-dedans. »

Il l'entraîne peu à peu vers la voiture.

Célestina, déjà à l'intérieur, les observe, serrant les lèvres.

1

« ET qu'est-ce qu'elles te disent ? »

Le médecin a essayé de poser la question avec le plus de naturel possible.

Mais je ne suis pas dupe

Du haut de mes sept ans, je les connais ces hommes en blouse blanche qui me disent tous qu'ils me veulent du bien, qui me parlent d'une voix affectée, qui me sourient comme on sourit à un joli objet sans importance.

Ils veulent tous m'aider.

Je sais que ce n'est pas vrai.

Ce qu'ils veulent, et ma mère avec eux, c'est que je perçoive le monde comme eux le voient. Là, il n'y a même pas de discussion.

Lorsque je commence à parler des voix dans ma tête, celles de mes amis, ils réagissent toujours de la même façon.

« Tu es certaine ? Tu sais, souvent on croit entendre des choses mais en fait, c'est notre propre voix qui nous parle. »

Si j'insiste, en leur expliquant que mes escargots ont leur propre voix, pas comme un son qu'on entend en vrai mais que je perçois en moi, ils sourient.

« Tu sais bien que ce n'est pas possible, Trinity, les escargots ne parlent pas.
— Tu entends ce que dit le médecin ? ajoute ma mère. Il n'y a rien, donc il faut que tu arrêtes avec ces enfantillages. »

Alors, j'ai abandonné. J'ai abandonné tout espoir d'être entendue, que quelqu'un me dise « Oui, je te comprends, ne t'inquiète pas ».

Jusqu'à ce que je rencontre un psychiatre, le professeur Esteveros. Il était différent.

Je l'ai senti tout de suite.

Au début, il m'a fait peur. Il n'était pas grand, un peu voûté avec des lunettes et surtout une barbe fournie dans laquelle apparaissaient quelques fils blancs.

Il ne m'a pas traitée comme une enfant qui ne raconte que des bêtises et qui n'a aucune idée de ce qu'est la réalité. Il m'a fait asseoir dans un fauteuil et puis, il a fait le tour de son bureau pour venir s'installer en face de moi, à ma hauteur. Cela m'a plu tout de suite, parce qu'il n'avait pas eu besoin de se protéger derrière son grand bureau et de me dominer, comme les autres.

De quoi ont-ils peur, tous ?

Surtout, ce qui m'a fait le plus plaisir, c'est que le docteur Esteveros a demandé à ma mère de sortir. Elle l'a mal pris.

Ensuite, il s'est tourné vers moi et sa première question m'a surprise.

« Comment vont-ils ?
— Qui ?
— Tes amis.
— Je n'ai pas d'amis.
— Je parle de ceux qui te parlent dans ton cœur, en toi. »

J'ai relevé les yeux, inquiète.

Un grand qui parlait comme ça, ce n'était pas normal. Il essayait de me tendre un piège. Mais j'avais l'habitude.

« Je n'entends rien.
— Comme moi, tu fais des rêves Trinity, n'est-ce pas ? »

Toujours cette voix douce et posée, difficile d'y résister. Une vraie voix de papa.

« Oui...
— Moi, tu vois, parfois je rêve d'un cheval qui me parle. »

Mes yeux se sont arrondis.

« Oui, oui, je t'assure, un beau cheval, fougueux, racé. Il s'appelle Robino. Il me parle pour me dire merci.
— ...de quoi ?
— Il me dit que je l'ai sauvé, que je l'ai aidé lorsqu'il s'est cassé la patte et qu'il ne pouvait plus courir. Il aurait dû finir à l'abattoir. Lui, un cheval de course, tu te rends compte !
— Qu'est-ce que vous avez fait ?
— Quand il me parle dans mon rêve, il me dit que je l'ai soigné, que ce n'était pas facile pour un cheval d'avoir une jambe dans le plâtre, que j'ai été très patient.
— Il vous en raconte des choses.
— Oui, il me dit même qu'après sa rééducation, il a pu gambader à nouveau, galoper, hennir, faire de belles ruades, les sabots haut dans le ciel. »

J'ai réfléchi.

« C'est une belle histoire mais c'est juste un rêve... »

Le docteur Esteveros a souri dans sa barbe. Ses yeux ont pétillé.

« Est-ce que tu peux garder un secret ? »

J'ai vite hoché la tête.

Il s'est penché en avant et a parlé à mi-voix.

« Si tu veux, un jour je te présenterai Robino. »

Je suis restée sans voix.

« Surprise ?
— Il existe ?
— Oui, il a sa maison derrière chez moi et si tu veux je vous ferai vous rencontrer. Je suis certain que vous vous entendrez bien. »

J'ai encore réfléchi.

« Mais vous m'avez dit que c'était un rêve ?
— Robino me parle dans mes rêves, c'est vrai. Pas souvent, parce que moi je ne sais pas comment lui parler...
— Moi, je sais.
— Oh ?... Vraiment ? Tu veux bien m'expliquer ? »

Comme il était gentil, je lui ai donné mes trucs pour y arriver. Il prenait des notes afin de ne pas oublier ce que je lui disais. Il voulait vraiment aider son cheval !

Je l'ai revu plusieurs fois et il a même fait la connaissance de certains de mes amis escargots.

Cela s'est terminé trop vite car ma mère n'appréciait pas de devoir sortir de son bureau à chaque séance. La goutte d'eau qui a fait déborder le vase, ce fut le traitement qu'il proposait pour me guérir de mes soi-disant lubies.

« Le dialogue Madame, le dialogue, c'est tout ce dont elle a besoin.

— Pas d'électrochocs ? Pas même un médicament pour lui faire entendre raison ?
— Non, croyez-moi, Trinity va très bien. Ces traitements sont inutiles et risqueraient de lui faire du mal. »

Le prochain rendez-vous avec le docteur Esteveros a été annulé et son adresse jetée à la poubelle.

2

LA FERRARI ronronne mais à l'arrêt.

Ce qui n'est pas normal pour une voiture de ce style.

Trinity ouvre les yeux. À ses côtés, Shunichi consulte un calepin posé sur le volant.

« Nous sommes arrivés ? »

Elle est maintenant complètement réveillée et jette un œil aux alentours. Leur véhicule est garé sur un parking. Autour d'eux, il y a quelques bâtiments de type industriel et des champs.

« Je ne trouve pas... dit le Nippon.
— Pas quoi ?
— Meilleur glacier de la ville.

— Dites, on pourrait aller à l'hôtel d'abord.
— Ah non ! Trop loin. En premier, nous faire pause. »

Il referme son calepin.

« Tant pis pour les glaces. Allons-y. »

Il referme le toit, coupe le moteur et ouvre sa portière. Trinity pose sa main sur son bras, les sourcils froncés.

« Aller où ?
— Dans ce café. J'ai besoin de passer aux toilettes.
— Vous ne pouvez pas tenir jusqu'à l'hôtel ?
— Non, trop loin. »

Le Japonais sort et referme la portière derrière lui. Elle est bien obligée de le suivre et s'extrait de la Ferrari. Soucieuse, elle remarque l'établissement dont parlait Shunichi. Une sorte de café restaurant à moitié plein, pour voyageurs pressés.

« Parfait pour prendre une boisson chaude ! » dit le Japonais en lui tenant la porte d'entrée.

Elle commande un caffè con latte et lui un mocha. Il s'éclipse aux toilettes, laissant Trinity seule, assise à une table. Elle pose son sac à dos sur la chaise à ses côtés.

L'Américaine respire le plus lentement possible pour se calmer. Elle est encore sous le choc de tous les événements qui se sont précipités à Milan. Endormie, sur la route, elle a pu oublier. Mais au réveil, sur ce parking, sa situation précaire lui est revenue droit dans la figure, comme un boomerang entre des mains malhabiles.

En fuyant dans les rues de Milan, elle a agi par instinct. Maintenant, que peut-elle faire ? Elle resserre le grand foulard orange autour de son cou. Ceux qui la poursuivent sont puissants. Ils ont de gros moyens. Que peut-elle faire toute seule ? La nonna et Damiana sont loin...

Shunichi la rejoint, tout sourire.

« Pas besoin de m'attendre. Buvez s'il vous plaît. »
Lui-même goûte à son mocha.
« J'ai hâte d'arriver à Parme pour vous montrer la Scapigliata. Vous allez voir, elle est divine... comme une autre personne que je connais...
— Ah ? » répond une Trinity distraite, toujours plongée dans ses pensées.

Le Japonais rougit.

Elle réalise ce qu'il voulait dire et secoue la tête.

« Non, Shunichi, n'essayez pas. »

Il ne dit rien, penaud, et boit encore une gorgée de son mocha. Trinity enchaîne.

« Nous sommes où ?
— Piacenza.
— C'est loin de Parme ?
— Vingt minutes environ.
— Andiamo ?
— Trinity, attendez ! Vous toujours pressée... »
Il soupire.

« Si vous continuez comme ça, vous n'allez pas vivre vieil âge. Il faut prendre le temps, vivre au rythme de la nature.
— C'est ce que vous faites avec votre Ferrari ?
— La F458 est petit plaisir, pour quelques jours. Après, je rentre chez moi et je reprendrai le train pour circuler.
— Vous n'avez pas de voiture ?
— Non.
— C'est un comble pour un ingénieur automobile !
— Pas vraiment. À Tokyo, on va plus vite en métro ou en train.
— Ah oui, c'est surpeuplé chez vous.
— Seulement dans les grandes villes. La campagne, elle, se meurt. Situation triste. Je vous montre photo de mon village natal ? On y fabrique les célèbres Darumas. »

Il n'attend pas sa réponse et se lève déjà pour aller à la Ferrari.

Elle l'arrête.

« Votre téléphone... je peux ? »

Il lui tend son portable avant de sortir.

Trinity respire un grand coup pour se donner du courage. Elle compose un numéro qu'elle connaît par cœur. Celui d'Harvey Wilkins, son oncle et avocat. L'échange est bref. Oui, il a passé les documents à Christina. Oui, elle s'apprête à partir pour Boston.

La Californienne raccroche vite, avant que son oncle ne lui pose trop de questions.

Elle tape à nouveau sur les touches.

« Allô ?
— Christina, c'est moi.
— Enfin Trinity ! Comment allez-vous ?
— Bien. Disons que je voyage à travers l'Italie. »

Au bout du fil, il y a une hésitation.

« Je... vous n'auriez pas dû. C'est beaucoup trop d'argent.
— Vous m'aidez Christina, ne l'oubliez pas et ce que vous allez tenter est difficile. Mais c'est très important. Ici, je n'ai plus de pistes, je suis bloquée.
— Ah oui, vous me mettez une belle pression...
— Je suis désolée, vous savez combien c'est important.
— Oui, je ferai de mon mieux, promis.
— Je sais que je peux compter sur vous. Merci pour tout. Pour tout.
— De... de rien.
— Faites un câlin à Célestina de ma part...
— Promis... »

Trinity raccroche brusquement.

Elle ne sait pas pourquoi mais elle a voulu écourter la conversation. Quelque chose lui pèse. Peut-être qu'elle ne voulait pas que Christina s'inquiète. Un contact plus prolongé aurait peut-être ébranlé sa volonté de ne pas trop en dire.

Trinity prend le verre chaud entre ses mains et déguste sa boisson. Il n'y a pas à dire, les Italiens font des cafés délicieux. Elle aurait tellement voulu profiter de ces instants sans qu'à tout moment, le stress de sa situation ne vienne la perturber. Shunichi a raison. Elle n'a jamais su apprécier ces petits plaisirs fugitifs de la vie qui font les bonheurs à long terme.

Elle le sait pourtant.

Qu'elle s'angoisse ou pas, cela ne changera rien. Elle aimerait parvenir à se détacher des événements extérieurs mais elle n'a jamais réussi. Toujours sur ses gardes depuis son enfance, comment le pourrait-elle ?

Peut-être qu'elle devrait refaire une thérapie... Non, elle ne veut plus se retrouver face à ces hommes à blouse blanche. Alors elle garde tout en elle. Et maintenant, cela commence à déborder.

Soudain, comme un coup de tonnerre, une explosion fait trembler les baies vitrées du café. Le souffle est violent. La surprise est telle que Trinity en renverse sa boisson sur la table.

Elle bondit et se retourne, regardant le parking.

Un mélange de flammes et de fumée s'échappe de la Ferrari qui n'est plus qu'une masse de tôles et de plastiques tordus.

Trinity porte la main à sa bouche, le souffle coupé.

3

« SHUNICHI... » murmure Trinity.

Devant cette scène de guérilla, qu'on ne voit qu'à la télé, elle reste tétanisée. Son regard vacille, les images deviennent floues. Les clients présents dans le café-restaurant sont sortis précipitamment mais restent à bonne distance de la Ferrari qui se consume en un grand feu apocalyptique.

Elle entend l'homme qui les a servis crier dans son téléphone. Le mot Polizia revient plusieurs fois.

Son instinct reprend le dessus. Danger, il y a danger ! Attrapant son sac, pas à pas, elle recule. Loin de la porte d'entrée. Loin du brasier.

Dans la confusion générale, personne ne fait attention. Elle se glisse dans la cuisine qui s'est vidée, tout le personnel désirant voir ce qui a provoqué ce bruit assourdissant. Ses yeux retrouvent leur acuité et scannent la salle où fument encore des casseroles.

Elle repère une porte et débouche sur le parking des employés.

Sans même réfléchir, Trinity se met à courir. Elle veut mettre le plus de distance possible entre elle et l'image de la calandre tordue de la Ferrari.

À toutes jambes, elle traverse les routes, les carrefours puis les rues. Elle ne sait pas combien de temps elle fuit comme cela, telle une automate.

Filer et disparaître.

Elle se force à se concentrer sur ces deux verbes, empêchant son cerveau de glisser vers une image de Shunichi.

Elle aborde abruptement plusieurs personnes dans les rues de Piacenza pour leur demander où se trouve la gare, la stazione, et à chaque fois, repart en courant après un bref grazie. Elle ne sent pas la fatigue. Près d'une heure après s'être enfuie du café, elle débouche sur une place bordée d'un long bâtiment ocre, sobre, aux formes carrées, percé de petites fenêtres.

Elle traverse un grand parking et s'engouffre dans la gare. Au guichet, devant sa détermination, l'employé se met en quatre pour l'aider. Le prochain train pour Parme est dans trente minutes. Trinity ne s'assoit pas et fait les cent pas sur le quai numéro 2, billet en main.

Bouger la rassure. Surtout, rester focalisée sur le présent. Ne penser à rien d'autre. Ne faire confiance à personne. Elle scrute chaque voyageur qui approche, ces derniers hésitant à s'avancer plus lorsqu'ils croisent son regard.

Le Frecciabianca qui relie Milan à Bologne entre en gare. Elle monte en jetant un dernier regard de chaque côté du quai. Dans le flot des passagers, il est difficile de distinguer un visage suspect ou familier. Elle trouve une place, s'assied et pose son petit sac à dos sur ses genoux. Le train repart.

Dans le silence relatif du wagon, le souffle assourdissant et bref de l'explosion résonne toujours en elle. Trinity ne peut même pas se boucher les oreilles, la violence de la détonation est en elle, dans ses os, lui donnant la nausée.

Alors que le train avale les rails à vive allure, le moment qu'elle craignait arrive : devant ses yeux, surgit l'image d'un Shunichi souriant allant chercher la photo de son village.

Un homme est mort par sa faute.

Épuisée, elle laisse doucement couler les larmes sur ses joues. Les minutes passent. Accrochée à son sac et recroquevillée sur son siège, elle sanglote.

Une vingtaine de minutes après son départ, le Frecciabianca arrive en gare de Parme.

Trinity sèche ses joues. Une part d'elle-même voudrait rester dans ce train protecteur et poursuivre le voyage jusqu'à Bologne. L'autre part lui intime l'ordre de se ressaisir, sa survie en dépend. Dans un effort surhumain elle se lève et descend du train. Elle s'avance sur le quai et à chaque pas, elle retrouve un certain calme. Dehors, elle prend un taxi.

« Dove vuole andare ?
— Albergo Pacchiosi per favore.
— Andiamo. »

Le mot résonne aux oreilles de Trinity et le visage d'un Shunichi souriant lui revient encore une fois en mémoire. Cette fois-ci, elle résiste à la montée de larmes. Elle inspire un grand coup, chasse ces souvenirs et se concentre sur ce qu'elle va devoir dire. Pourvu que tout se passe bien.

Quelques minutes plus tard, Trinity claque la porte du taxi devant la devanture stylée d'un bâtiment massif. Voilà son prochain challenge.

Le Park Hôtel Pacchiosi est impressionnant. Il ressemble à un mini Versailles en pleine ville. Elle monte les marches, passant entre deux énormes lions sculptés dans la pierre et pénètre dans le lobby.

L'intérieur constitue un mélange d'élégance et de tape à l'œil. Tout est trop beau. Entre les piliers carrés crème, les voûtes blanches, le grand escalier en marbre, les candélabres rutilants, les dorures clinquantes, les immenses miroirs, les banquettes et les fauteuils en cuir capitonné cramoisi, l'ensemble écrase. Tout est trop neuf et manque de cachet.

Derrière son comptoir en bois massif doré et recouvert de marbre pourpre, la réceptionniste l'attend, un sourire, lui aussi trop parfait, accroché à son visage.

La partie s'annonce serrée.

4

« Bienvenue au Park Hôtel Pacchiosi. Vous avez une réservation ? »

Trinity arbore son sourire le plus engageant.

« Oui. Je voyage avec un ami qui a pris du retard à Milan. Je pense qu'il a réservé notre chambre à son nom. »

La réceptionniste garde son sourire.

« Nous allons voir cela. Votre ami est Monsieur ?...
— Kobayashi. »

L'employée pianote sur son clavier tout en réajustant une de ses mèches brunes. Son visage s'éclaire.

« Et vous êtes Mademoiselle Silverman ? »

Pendant une fraction de seconde, Trinity s'affole. Déjà ? Ils savent qu'elle est ici ? Et ensuite, comprenant, ses traits s'adoucissent face à la prévenance du Japonais. Il a aussi dû donner son nom. Pour une fois que les choses sont faciles.

« C'est... c'est ça.
— Votre suite est prête Mademoiselle. Monsieur Kobayashi nous a téléphoné pour modifier sa réservation. Il n'y a aucun problème. »

Dans les longs couloirs en arcades, au sol de marbre blanc et illuminés par de trop nombreux chandeliers, Trinity avance d'un pas rapide, serrant les lèvres. Il faut tenir jusqu'à la chambre.

Bien sûr, Shunichi a réservé la Ferrari des chambres, une grande suite, décorée dans le même style que l'hôtel. Avec marbres omniprésents, dorures tapageuses et une classe ostentatoire.

Du salon qui comprend deux grands fauteuils, un canapé, une table basse posée sur un grand tapis ainsi qu'une table en bois travaillé et des chaises, elle passe à la chambre.

Trinity lance son sac sur le pied de lit et se jette sur l'immense matelas.

Elle se recroqueville et se laisse aller.

Pour de bon.

Cette fois-ci, elle n'a plus la force de lutter. Ses larmes coulent, chaudes et salées. Elle enfonce sa tête dans la couette réconfortante, agréable au toucher.

Elle s'endort, épuisée.

Lorsqu'elle émerge de son sommeil lourd, elle se redresse avec précaution, les membres ankylosés. Elle a dormi toute la nuit.

Trinity soupire. Ses soucis l'assaillent déjà.

Elle est poursuivie dans un pays étranger par des gens sans scrupules et prêts à tuer pour obtenir ce qu'ils veulent.

Les formules de Gianmarco.

Dans quel maudit guêpier s'est-elle fourrée ? Elle aurait dû suivre les recommandations de Christina et rentrer à San Diego. Elle aurait dû se satisfaire d'une courte nuit d'amour. Mais qui aurait pu deviner ? Le désastre qu'elle affronte à présent ressemble plus à la catastrophe annoncée d'un mauvais film qu'à la réalité.

Au fond d'elle-même, un sentiment qui l'étonne monte. C'est étrange, ce n'est pas de la joie. Ni du bonheur. Une sorte d'infime excitation plutôt. Le sentiment est ténu mais, malgré tout ce qui s'est passé, elle se sent... vivante ?

Trinity se lève d'un bond, horrifiée par cette pensée.

Elle n'a pas le droit, Shunichi est mort !

Elle passe dans la salle de bain, se déshabille et se glisse sous l'eau chaude d'une large pomme de douche. Elle ferme les yeux, pressant avec force ses paupières pour étouffer ce sentiment. Elle se savonne avec vigueur pour effacer cette idée révoltante. Alors qu'elle se rince, pensant s'en être débarrassée, elle s'interrompt brusquement. Elle a beau se dire qu'elle a risqué sa vie, qu'elle a failli tuer un homme et qu'un autre a péri dans une explosion qui lui était destinée, rien n'y fait.

Elle se sent vivante.

Vivante !

A-t-elle jamais ressenti cet état ?

Soudain, elle comprend la nonna. Elle réalise pourquoi elle a continué à travailler pour la CIA après la guerre. Les émotions avaient été trop fortes.

Quelles émotions ? Que lui arrive-t-il ?

Sous l'eau chaude, Trinity lève ses mains et regarde ses paumes ruisselantes, comme si ce n'étaient plus les siennes.

« Qu'est-ce qui se passe ? » murmure-t-elle.

Affolée, elle coupe l'arrivée d'eau chaude et crie sous la trombe d'eau glacée qui la frappe sur la tête et les épaules. Elle hoquette, réussissant tout juste à respirer, et stoppe la douche.

Les mains contre le mur carrelé, elle reste ainsi, grelottante. Ses pleurs se mélangent à l'eau qui dégouline, sa peau se transformant en chair de poule rouge sous l'effet de l'eau froide.

Trinity enfile un peignoir et, face au miroir du double lavabo, elle s'essuie les cheveux avec frénésie.

Elle ne doit plus penser !

L'eau glacée fait maintenant son effet. Une douce chaleur se dégage de ses membres, réconfortante. Une idée lui vient : se confier à la nonna. Cette dernière, après ce qu'elle a vécu, saura trouver les mots justes.

Elle revient dans la chambre, plie ses vêtements, pose sa veste spencer blanche sur un siège et en chasse la mouche qui s'accroche au tissu blanc. Elle lisse son grand foulard orange, observant les arabesques noires qui lui apparaissent moins jolies à présent. On dirait des coups de pinceau qui ont été tracés par un artiste sans réel talent.

De son sac, Trinity extrait son smartphone, celui de Shunichi et le portable prépayé, acheté à Milan. À force de collectionner les appareils, elle va pouvoir ouvrir une agence telecom.

Elle se souvient alors des ordres de la nonna.

Ne pouvant utiliser son iPhone pour effectuer sa recherche, elle allume la télé à écran plat accrochée au mur et clique sur la fonction internet. Avec la télécommande, elle pianote difficilement sur les touches minuscules et après un long moment, finit par trouver dans un moteur de recherche ce qu'elle voulait. Le numéro de téléphone du café Del Lago à Orta.

Utilisant son portable prépayé, elle compose le numéro. Il est encore tôt mais, avec un peu de chance, il y aura quelqu'un pour répondre. Au bout de la dixième sonnerie, un homme décroche.

« Pronto ? »

Aïe ! Elle n'a pas pensé à préparer ses phrases en italien. Elle se lance quand même.

« Buongiorno... messagi pour... per Raffaella... per favore.
— D'accordo, qual'è il suo numero ? »

Trinity est surprise par le ton ordinaire de son interlocuteur. Pas de surprise ou de chuchotements conspirateurs. Elle se lance alors dans l'énumération des chiffres de son numéro en italien, puis une seconde fois en anglais. Après quelques remerciements, elle raccroche, très fière d'avoir pu se faire comprendre.

Un frisson la parcourt.

Une nouvelle fois, elle est horrifiée. Elle se rend à nouveau compte de ce sentiment qui l'habite, à la fois frappant et indéfinissable.

Un frémissement qui vient de loin, des profondeurs, de ses entrailles.

Elle en exulterait presque.

5

ELLE aime réellement cette sensation.

Diffuse, impossible à définir avec précision. Il y a un mélange de crainte, de peur mais en même temps quelque chose qui l'encourage à rebondir sur le fil de la vie.

Elle renaît.

Trinity, toujours vêtue de son seul peignoir, se glisse dans le grand lit avec l'intention de commander un petit déjeuner. Elle s'endort le menu à la main.

C'est la vibration de son portable qui la réveille.

« A.. allô ?...
— Trinity ! Comment ça va ?
— Arianna ?... Vous êtes... rapide.

— Vous avez la voix pâteuse. Vous savez qu'il est midi ? »

L'Américaine se redresse.

« Je... je me suis...
— Pas besoin d'explication. Le plus important : comment ça va ?
— ...
— Que se passe-t-il ?
— Shunichi est mort.
— Quoi ?... Qui est mort ? »

Trinity doit tout expliquer. Sa course dans Milan avec Jefferson et la blonde platine à ses trousses. Sa fuite avec Shunichi en voiture. La disparition de ce dernier. Son arrivée seule à Parme.

« Je suis sincèrement désolée pour tout ce qui vous arrive. Vous devez être dévastée. Je n'arrive pas à croire qu'on ait tué pour récupérer les formules manquantes de Gianmarco. »
Elle soupire.
« En plus, cela signifie que vous êtes en grand danger. Ils ne vont pas vous lâcher.
— Oui. »

Il y a un silence sur la ligne.

« Comment ça, oui. C'est tout ce que cela provoque chez vous ? Qu'y a-t-il Trinity ?
— Je... je me fais peur.
— C'est-à-dire ?

— Il y a une semaine, j'aurais été terrorisée par tous ces désastres...
— Vous ne l'êtes plus ?
— Si, j'ai toujours cette frayeur en moi mais... »

La nonna soupire à nouveau.

« Vous y prenez goût ?
— J'ai l'impression d'être... vivante, pas juste un robot dans une existence monotone. J'avais déjà eu ce sentiment en venant en Italie à la recherche de Gianmarco, sans vraiment le remarquer.
— Attention Trinity, ce rush d'adrénaline face au danger est comme une drogue. Quand certaines personnes y goûtent, elles ne peuvent plus s'en passer et cherchent toujours à retrouver les mêmes sensations. Pour certains, cela passe par des sports extrêmes ou des aventures risquées. Pour moi, Damiana ou vous-même peut-être, cela se traduit par une envie de vivre sa vie différemment, hors des normes que nous impose la société. »

La nonna fait une pause avant de reprendre.

« En fait, tout le monde recherche ce rush. La plupart des gens surbookés, toujours en retard dans leur travail ou qui créent constamment des problèmes familiaux cherchent la même chose d'une autre manière. Vous voyez ?
— Oui, je comprends. Pourtant, moi, j'étais à peu près bien dans ma vie. »

Arianna a un petit rire.

« Vous plaisantez ? Non, Trinity, soyez honnête, vous me l'avez même confié. Votre existence était terne, fade, sans

relief. Maintenant vous commencez à sentir que vous existez vraiment. Beaucoup de personnes prendraient volontiers votre place...
— Mais j'ai peur ! Encore plus qu'avant quand j'avais mon stress quotidien, croyez-moi !
— Je le sais. N'oubliez pas que je suis aussi passée par là. Vous êtes en train de découvrir la vraie Trinity, celle qui dépasse ses peurs.
— Ce n'est pas vrai ! Je suis juste une inconsciente, une folle même ! »

Trinity a hurlé dans le téléphone. Les larmes aux yeux. La nonna attend qu'elle se calme avant de continuer.

« Je comprends que cela fasse beaucoup en peu de temps. Écoutez, pendant la guerre, comment pensez-vous que tant de gens ordinaires aient pu accomplir des actes héroïques ? Ils ne se sont pas levés un matin en se disant qu'ils allaient devenir des héros. Ils étaient terrorisés eux aussi. Mais des circonstances exceptionnelles les ont fait se découvrir et cela a changé le cours de leur existence. Comme pour moi. Comme pour vous.
— Je ne vais pas tenir.
— Encore une fois, ne vous sous-estimez pas Trinity. Nous les femmes, nous sommes capables de bien plus qu'on ne veut bien nous laisser croire. Depuis des siècles, on nous fait avaler ces mensonges, ces clichés, ces idées préconçues, comme quoi nous serions faibles et peureuses. C'est faux. Nous sommes toutes capables d'accomplir de grandes choses, vous entendez ? C'est dans la tête que ça se passe.
— Dans la tête ou dans le cœur ? »

Trinity se souvient du père Manzini et de ses discours sur l'importance du cœur dans l'existence.

« Je ne sais pas mais vous êtes en train de vous dévoiler à vous-même Trinity et je suis désolée que ce soit dans des circonstances aussi dramatiques. Malheureusement, on ne choisit jamais le moment. »
La nonna hésite avant de reprendre.
« Un mot de prudence quand même...
— Je me doute : je dois faire attention ?
— Oui, mais pas à ce que vous pensez. Je vous préviens, prenez garde à ne pas verser de l'autre côté et à devenir une accro à cette adrénaline... »

Trinity rit.

« Cela ne risque pas Arianna. Je suis trop angoissée pour ça.
— Il y a quelque chose en vous que je n'arrive pas à déterminer.
— C'est-à-dire ?
— Je vais être honnête. Gianmarco a eu beaucoup de chance de vous rencontrer et je vous apprécie beaucoup. Pourtant, mon instinct me dit... prudence.
— Je ne ferais pas de mal à une mouche, vous me connaissez, non ?
— Vous avez quand même tiré sur Jeffrey, hier. »

Les deux femmes restent silencieuses quelques instants.

« Ne laissez pas votre passé, quel qu'il soit, influencer votre présent. Ces souvenirs, au plus profond de vous-même, ne peuvent être modifiés ou effacés. Tournez-vous vers aujourd'hui et demain, pas hier. »

Trinity ne saisit pas ce que la nonna veut dire.

6

« Bon, il faut vous faire disparaître, et vite. »

La nonna a repris sa voix de chef d'une antenne secrète de la CIA.

« Vous vous rappelez de la cachette dans la campagne piémontaise ? Tout est prêt, il y a juste à vous y emmener, aujourd'hui même.
— Non Arianna, je dois rester au moins jusqu'à demain.
— Vous plaisantez ? Vous voulez qu'ils vous attrapent ?
— Vous pensez qu'ils voudront m'éliminer ?
— Non, pour vous, ce sera pire... »

Un frisson monte dans le dos de Trinity.

« Vous voulez dire que...

— Oui. C'est vous qui êtes la clé. Vous possédez les formules manquantes. Ils vous feront parler, par tous les moyens. Je vous le garantis. »

Un nœud se forme dans la gorge de l'Américaine. D'une voix blanche, elle reprend.

« Ils n'oseraient pas... sur une femme... »

Le rire froid de la nonna finit de l'affoler.

« Vous êtes encore si naïve ? Une des raisons qui m'ont fait rester dans ce monde de l'ombre et y faire carrière, c'est qu'il n'y a aucune discrimination entre hommes et femmes. Absolument aucune. Vous me comprenez ?
— Oui...
— D'un côté vous ne pouvez pas me dire que vous êtes accro aux sensations fortes et en même temps refuser les risques que cela implique. Ce sont deux faces d'une même médaille.
— ...
— Trinity ? Ressaisissez-vous et vite, chaque minute compte. Je ne sais pas comment ils ont pu suivre votre trace, peut-être avec un émetteur GPS sur la voiture.
— J'attends un colis important, Arianna. »

La nonna jure en italien et reprend en colère.

« Comment dois-je vous expliquer cela ? Votre seule chance de survie, c'est de partir, tout de suite ! Vous voulez finir comme le Japonais après un interrogatoire musclé ? Vous aurez l'air maligne avec votre paquet... »

Trinity suffoque. Elle est en surrégime et n'arrive plus à y voir clair. Comment a-t-elle pu dire qu'elle se sentait bien, juste avant ? C'est trop pour elle. Une panique sourde l'envahit. Tant pis pour ce pauvre Speedy.

« D'accord ! crie-t-elle dans son portable. Qu'est-ce que je dois faire ? »

La nonna marque une pause.

« Vous voilà redevenue raisonnable. Rassemblez vos affaires et quittez cette chambre immédiatement. Vous y êtes restée trop longtemps. Utilisez les techniques que je vous ai expliquées pour bien être certaine de ne pas être suivie. D'accord ?
— Oui...
— Vous vous sentez capable de reprendre le train ?
— Je crois...
— Ce n'est pas je crois. C'est oui ou c'est non ? »

Il y a un nouveau silence sur la ligne.

« Oui.
— Bon, vous allez prendre un billet pour Milan. Vous n'irez pas jusque là et vous descendrez avant, à Lodi. Compris ? »

Le ton de la nonna est sans appel. Il n'y a qu'à obéir.

« Oui.
— Là-bas, quelqu'un vous attendra.
— Damiana ?
— Non, c'est trop risqué, elle a aussi dû être repérée. Dans la gare de Lodi, une personne vous bousculera et

s'excusera. Expliquez-lui que ce n'est pas grave. Elle vous dira, surprise, que vous ressemblez à Raffaella, sa tante. Vous lui demanderez quel est l'âge de cette tante et elle devra impérativement vous répondre quatre-vingt-huit ans. Si elle ne donne pas ce chiffre, fuyez.
— Ce n'est pas un peu compliqué ?... »

Un silence glacial répond à sa question.

« D'accord Arianna, je m'excuse. Lodi, bousculade, nièce et quatre-vingt-huit ans. J'ai compris.
— Ne parlez à personne d'autre. Évitez tout contact.
— ...et je dois sortir par l'arrière de l'hôtel Pacchiosi, je suppose ? »

Il y a un soupçon de défi dans la voix de Trinity que la nonna ne relève pas.

« Oui. Il faut faire croire au personnel que vous êtes toujours dans votre chambre. Il est trop facile de leur tirer les vers du nez.
— Je vous revois bientôt alors ? »

La nonna a un petit rire.

« Non. Vous êtes trop dangereuse. Vous allez rester dissimulée aussi longtemps qu'il le faudra, le temps pour nous de mieux comprendre ce qui se passe exactement.
— Mais j'ai une vie moi aussi ! Je ne peux pas rester cachée comme ça...
— Vous préférez qu'ils vous attrapent ? »

Trinity ne répond pas. Elle enchaîne par une autre question.

« Vous reprenez du service ?
— À mon grand regret. Pour mon petit-fils.
— Il en a de la chance.
— Vous trouvez ? J'espère que nous pourrons le retrouver à temps.
— Comment comptez-vous... »

Trinity s'interrompt. Elle a entendu un bruit venant de la porte d'entrée.

« Que se passe-t-il ? demande la nonna.
— Un bruit à la porte. »

Le clac caractéristique de la serrure qui s'ouvre après qu'on y ait glissé une carte magnétique se fait entendre.

« Arianna, chuchote Trinity, affolée, quelqu'un vient d'ouvrir la porte !
— Cachez-vous vite et attrapez un objet lourd pour vous défendre ! Rappelez-moi ensuite. »

L'Américaine coupe la communication. À pas de loup elle s'avance dans la chambre. Heureusement, la suite est grande et les pas qui s'approchent sont encore loin. Haletante, elle attrape un bibelot en métal et se glisse dans la grande armoire du couloir.

Elle retient sa respiration tout en ayant l'impression de souffler comme un éléphant.

Elle va se faire repérer !

Trinity pense à l'interrogatoire musclé qui l'attend. Elle tremble de façon incontrôlée.

Les pas se rapprochent.

À travers les persiennes du placard, elle aperçoit une ombre qui frôle le mur. Elle serre le bibelot dans ses mains moites.

La porte du placard s'ouvre d'un coup.

7

TRINITY, dents serrées et bibelot métallique en avant, bondit sur l'homme qui vient d'ouvrir le placard.

D'un mouvement souple, il l'évite mais ne peut esquiver un coup sur la nuque. Emportée par son élan, elle perd l'équilibre et tombe en avant. Elle s'étale de tout son long.

« Trinity ! »

Elle reconnaît cette voix. Ce n'est pas possible... il est ici ?

Elle se retourne, toujours affalée sur le sol. Ses yeux s'arrondissent.

« Vous êtes vivant ?! »

Les yeux de Shunichi s'arrondissent.

« Et pourquoi pas ?... »

Visiblement, il ne comprend pas où elle veut en venir. Il tient un grand sac en plastique noir. Bien malgré lui, ses yeux s'attardent sur le haut du peignoir entrouvert de la Californienne. Rapidement, elle le referme, se relève et le fusille du regard.

« Qu'est-ce que vous faites ici ?
— Trinity... c'est chambre à moi...
— J'ai cru que vous étiez mort !
— Mort ?
— Oui, mort ! Brûlé dans l'explosion de votre Ferrari... »

Le Japonais baisse la tête, essayant de comprendre. Soudain, une lueur éclaire son regard et il éclate de rire.

« Qu'est-ce qui vous prend ?
— Situation rigolote... arrive-t-il à dire entre deux hoquets. Vous avez cru moi mort ? Vous avez un peu pleuré ? »

Trinity hoche la tête, excédée par sa réaction.

« Alors vous avez petit sentiment pour moi... »

Elle se prend les tempes à deux mains.

« Je n'ai pas rêvé, votre Ferrari a bien explosé, non ?
— Mais non, juste gros court-circuit sur le train arrière. Problème connu chez les F458. »

Les jambes de Trinity flageolent. Elle s'assoit sur le fauteuil le plus proche. Elle le regarde, incrédule.

« C'est tout ce que cela vous fait ? Une explosion égale un court-circuit pour vous ? Nous aurions pu avoir ce feu d'artifice sur l'autoroute !
— Pas un problème. Moi très bon pilote. »

Devant un tel aplomb, elle a envie de le gifler. Ses yeux lui lancent des éclairs dignes d'un orage de montagne. Shunichi prend un air encore plus innocent.

« C'est vrai ! Je conduis bien, j'ai diplôme spécial de Nissan pour pilotes de voiture-test.
— Argh ! J'aurais dû vous frapper plus fort. »

Il se masse la nuque.

« Vous avez main lourde.
— Et vous, vous m'avez esquivée avec souplesse.
— Normal, je pratique aïkido et autres arts martiaux depuis tout petit. Mon niveau est... »

Devant les yeux exaspérés de Trinity, il s'interrompt.

« Mais... c'est vrai...
— On s'en moque ! »

Elle a hurlé. Il a fait un pas en arrière.

« D'accord.
— Et puis, qu'est-ce que c'est que ces pansements ? »

Il touche son visage.

« Juste petites brûlures, précise-t-il, en voulant récupérer mes affaires. »

Il fait une pause, gêné.

« Quoi encore ?
— Vous n'êtes pas venue voir ce qui se passait ? Quand je suis revenu dans le café, vous aviez disparu. Sur le moment, moi très déçu. Vous ne vous inquiétez pas vraiment pour ma personne, c'est ça ? »

Les yeux de Trinity papillonnent. Sa colère tombe brusquement et elle rougit, baissant la tête.

« J'ai cru que vous étiez mort dans l'explosion. J'ai paniqué et j'ai préféré disparaître.
— Explosion ? Vous insistez, vous. Pourquoi aussi rapidement ? Je suis revenu vite dans le café pourtant.
— Oui, le bruit et les flammes, cela m'a fait très peur. »

Le Nippon réfléchit quelques secondes, analysant tout ce qui vient d'être dit, puis son visage s'éclaire.

« Le plus important, nous tous les deux à Parme !
— Oui et vous êtes bien vivant.
— Vous inquiète... un peu ? »

Elle hoche la tête.

« Alors moi en pleine forme ! Cet après-midi, la Scapigliata nous attend ! »

Les yeux de la Californienne s'arrondissent.

« Vous plaisantez ? Après tout ce qui s'est passé ? Il faut vous reposer.
— Non, acheter quelques vêtements, une douche, un repas et nous allons voir la belle... hum... comme vous.
— N'en rajoutez pas...
— Moi juste heureux de vous retrouver. J'ai cru que vous m'aviez laissé tomber. »

Il pose le grand sac en plastique noir sur la moquette.

« Les affaires que j'ai pu sauver. Heureusement, j'avais tous mes papiers avec moi. Police italienne méfiante mais agence de location, honnête. Ils m'ont donné une autre voiture. »
Sa mine s'assombrit.
« Juste Fiat. »

Il fait demi-tour.

« Je reviens et cette fois-ci, pas fuir, d'accord ? »

Il rit encore et sort de la suite, récupérant au passage son portable sur la table.

Trinity respire un grand coup et se rue sur son téléphone prépayé. Elle rappelle la nonna et lui explique les derniers développements.

« Vraiment ? Il s'en est sorti tout seul ?
— Oui, cela n'a rien à voir avec un quelconque complot. C'était juste le hasard, une sorte de court-circuit commun

chez ces Ferrari. Jeffrey et ses sbires ne m'ont pas retrouvée !
— Étonnant mais pourquoi pas. Cela dit, les autres vous poursuivent toujours et ils ne vous lâcheront pas. Il faut quand même vous mettre au vert.
— Vu la tournure des événements, cela peut bien attendre un jour supplémentaire, non ? »

La nonna met un temps avant de répondre.

« Je pense que vous prenez un risque inutile. Mais je vais dire à mon contact de vous retrouver à la gare de Lodi un jour plus tard, à la même heure.
— Merci Arianna !
— Ne me remerciez pas. J'espère que vous n'aurez pas à le regretter. Gardez l'œil ouvert, évitez les endroits isolés et ne m'appelez plus sur ce numéro. Il ne sera plus valable. Si cela est nécessaire, contactez-moi par le café Del Lago.
— Vous n'êtes pas un peu parano ?
— Si et c'est pour cela que je suis encore en vie.
— Encore merci pour tout ce que vous faites...
— Prenez soin de vous. »

Les deux femmes coupent la communication.

Trinity soupire.

Quand retrouvera-t-elle le calme de sa maison ?...

Elle fronce les sourcils.

Le calme ? L'ennui ? La routine ?

C'est étonnant de voir comme les pensées retournent vite à leurs schémas habituels. Trinity vient d'identifier son cercle de réflexion habituel : quand retrouvera-t-elle le calme ? Voilà la question qui a conditionné sa vie. Quand retrouvera-t-elle le calme, pour aller se cacher, se recroqueviller chez elle, afin d'échapper au monde. Cela fait des années qu'elle se répète cela.

Malgré son exaltation, malgré tout ce qui la fait vibrer en ce moment, elle cherche encore à revenir inconsciemment au schéma de ce qu'elle croyait être sa paix intérieure.

Ainsi, elle peut ressentir quelque chose de fort au plus profond d'elle-même et toujours avoir des pensées usées qui ne collent plus à cette nouvelle réalité. Pourtant, elles sont là, en elle, continuant à tourner en boucle, comme un disque rayé.

« Je ne suis donc pas mes pensées ? » souffle-t-elle tout bas.

Elle note aussi qu'elle n'a pas consulté son compte MetaForex depuis deux jours. Avant, il était constamment ouvert et elle suivait l'évolution du marché au plus près.

Maintenant ? Cela ne lui fait ni chaud, ni froid.

Elle qui était si passionnée... les chiffres, les équations, les devises. Tout cela lui paraît loin. Le marché du Forex, avec ses tendances, ses gains et ses pertes, a été remplacé par un marché de l'ombre avec ses joies, ses déceptions et ses frayeurs.

Les pics d'adrénaline y sont bien plus forts.

Peut-être que la nonna est dans le vrai ?...

Trinity frissonne.

Elle est vivante, agissante, existante. Pour la première fois, elle a l'impression de réellement vivre sa vie, de ne pas juste être un pion passif dans un immense échiquier contrôlé par d'autres.

Et ce ne sont pas ses vieilles pensées sclérosées de retrouver le calme qui vont la stopper.

Elle est la créatrice-actrice de ses décisions... et cela fait toute la différence.

8

LES SALLES de la Galleria Nazionale, le musée de Parme, sont vides. Pas un touriste. Elles sont larges, recouvertes de marbre blanc et magnifiquement éclairées ; il doit être reposant d'y déambuler en vacances.

Shunichi et Trinity, eux, ne lambinent pas.

Le Japonais l'emmène au pas de charge vers son objectif, sans le moindre regard pour les tableaux qui couvrent les murs de la Galleria.

Ils entrent dans une grande pièce sombre où les œuvres ne sont éclairées que par des spots tamisés. Il ralentit. Elle le sent tendu.

Ils avancent vers un coin de cette salle aux murs de briques froids. La Californienne frissonne. Shunichi pointe du doigt un carré de lumière pâle.

« Voici », murmure-t-il.

Au premier abord, Trinity ne distingue rien, juste cette minuscule tache de lumière voilée. En se rapprochant, elle devine derrière une vitre une esquisse de tableau inachevée, sans cadre, attachée avec des pinces de plastique transparentes. Un rétro-éclairage léger permet de mieux distinguer l'œuvre du maître. Minuscule, de la taille d'environ deux cartes postales accolées, cela change de l'immense Cène admirée à Milan.

« C'est un tableau que Léonard n'a jamais terminé, explique a voix basse le Japonais. Il a juste fini le brouillon.
— Un crayonné ? Mais alors pourquoi vous la préférez aux autres, à la Joconde par exemple ?
— Vous ne voyez pas ? »

Trinity ne répond pas.

Elle fixe le tableau et se concentre sur l'image. Lentement, elle se laisse envahir pas la douceur du visage représenté sur la toile. Il n'y a pas de couleurs, juste des ombres, des courbes, des traits plus ou moins jetés à la va-vite et pourtant, le miracle se produit. Elle se laisse imperceptiblement hypnotiser par cette jeune femme en apparence tranquille. Tout autour, ses cheveux s'agitent. Soudain, il y a du vent, de la vie, un destin qui se déploie. On ne peut s'empêcher d'être ému par cette inconnue qui a pourtant posé il y a cinq siècles.

C’est là tout le talent de Léonard de Vinci.

Proche et lointaine. À portée de main et intouchable. Vibrante et glacée.

« Quand je regarde Scapigliata, je vois Trinity. La première fois que je vous ai aperçue sur la piazza à Milan avec foulard orange, je me suis dit que c’était vous cette... comment on dit déjà ?... Ébouriffée, c’est signification de scapigliata en italien. »

Les yeux de Shunichi sont rivés sur le tableau.

« Hier, quand vous êtes réapparue à porte de ma chambre, essoufflée, cheveux encore éparpillés, j’ai eu confirmation d’intuition. Vous êtes... elle. »

Il pointe un doigt vers la Scapigliata.

« J’admire traits doux de son visage. Elle est calme, sereine, avec juste petit sourire poli. Pourtant, tout autour, regardez comme les boucles de ses cheveux s’agitent. C’était important pour Léonard de Vinci. Elles représentent force de la vie qui brûle en nous. C’est comme double facette. Visage que nous présentons au monde et visage secret, le vrai. Elle est une femme secrète, une femme sans peur, comme vous... »

Trinity n’ose plus regarder le Japonais.

Elle est touchée par ce qu’il murmure. Il semble la connaître beaucoup mieux qu’elle-même et elle lui donnerait presque raison.

Presque ?

Parce qu'en même temps, c'est une véritable déclaration d'amour qu'il vient de lui faire. Elle apprécie les mots mais comment lui dire avec tact que son cœur est ailleurs ?

Elle n'a jamais déverrouillé le sien comme vient de le faire Shunichi. Elle a toujours été très prudente et a vite conclu qu'on ne pouvait faire confiance qu'à peu de personnes. Sa première grande fois, c'était il n'y a pas si longtemps... à Las Vegas.

Les secondes s'écoulent. Ils sont toujours en train de regarder la Scapigliata, en silence, seuls dans l'ombre de cette salle. Trinity sait qu'elle se doit de dire quelque chose, vite. Cela a dû demander un gros effort à Shunichi de s'ouvrir comme cela et elle ne veut pas le mettre dans l'embarras.

À sa grande surprise, il enchaîne.

« Voilà, tout est bien. J'ai dit ce qui était important. Je sais que votre cœur est pris. Le mien, léger maintenant. »

Ils ont encore les yeux fixés sur le tableau et Trinity n'ose toujours pas se tourner vers le Nippon.

« Je... suis...
— Non, non, rien dire. Moment parfait comme ça... »

Ils restent encore quelques instants immobiles, côte à côte, jusqu'à ce qu'un groupe d'étudiants bruyants se rapproche et brise leur intimité.

Ils s'éloignent en silence.

« Merci de m'avoir initiée aux secrets de la Scapigliata. Elle valait le détour. J'apprécie aussi beaucoup votre tact et j'espère que l'on restera amis...
— Oh oui, amitié être antidote des cœurs solitaires. »

Elle s'arrête d'un coup.

« Je suis désolée, ce n'est pas ce que je voulais...
— Très bien pour moi. Amitié plus importante que tout. Amitié reste, l'amour change. »

Trinity hoche la tête. Du coup, elle se demande comment elle doit le prendre. Shunichi pose doucement la main sur son épaule. Instinctivement, elle recule.

« Attendez, qu'est-ce que ?... dit-il en examinant sa veste spencer blanche. Oh, juste mouche. »

D'un geste, il essaie de faire fuir l'insecte qui ne bouge pas.

« Ah ? Mouche morte. »

D'un revers de la main assez fort, comme un karatéka, il envoie balader l'intruse au sol puis l'écrase d'un geste vif du talon, ce qui surprend Trinity.

« Eh bien, moi qui croyais que vous ne feriez pas de mal à une mouche.
— Nous avons tous petits secrets...
— Et le vôtre, c'est d'être champion d'arts martiaux.
— Normal, moi Japonais ! »

9

SHUNICHI raccroche.

« La réception dit que colis est arrivé pour vous. Vous savez ?
— Oui, je l'attendais.
— Le livreur est en train de monter. Moi, je vais prendre une douche. »

Le cœur de Trinity a fait un bond.

Speedy !

Son petit complice, qu'elle pensait bien ne plus revoir, est enfin arrivé. Certains diraient que sa réaction est enfantine. Mais pour elle, ce petit être représente toute une lignée d'amis fidèles. Ils lui parlaient dans sa tête lorsqu'elle était enfant et depuis quelques jours, Speedy s'y est mis à son tour.

Trinity n'a aucun doute là-dessus. Elle refuse de douter malgré le fait que, depuis son départ précipité de Milan, l'Euxina ne lui ait plus transmis de message subtil. Cela l'interpelle. Comme pendant son adolescence, après que le docteur Esteveros ait été écarté par sa mère et que les traitements de choc aient commencé. Elle a tout oublié de cette période.

On frappe à la porte de la suite.

Trinity se précipite pour ouvrir.

Devant elle se tient une employée de FedEx avec son colis entre les mains. L'Américaine tend la main pour prendre le paquet. La livreuse recule. Face à la surprise de Trinity, elle lève son visage qui était caché par la visière de sa casquette et sourit.

« Bonjour, j'ai ce colis pour vous. »

La Californienne reste figée, stupéfaite.

Devant elle se tient la blonde platine, cheveux noués et cachés sous la casquette. Son sourire disparaît d'un coup.

« Vous connaissez notre devise chez FedEx : nous trouvons toujours nos destinataires. Toujours. Où qu'ils soient. Signez ici. »

Elle lui fourre sous le nez un appareil électronique et un stylet.

Trinity s'exécute machinalement, le souffle coupé.

« Merci, bonne journée et n'hésitez pas à utiliser nos services pour vos prochains envois ! » lance la blonde platine d'une voix forte avant de s'éloigner.

Trinity, choquée, fait demi-tour. La porte claque derrière elle.

« Livreur FedEx ? lance Shunichi au loin.
— Oui... »

La voix de Trinity tremble. Elle se racle la gorge pour se reprendre.

« J'ai... j'ai eu mon colis. »

Elle entend la porte de la salle de bain se fermer et le bruit du jet de la douche qu'on ouvre. Elle va s'asseoir à la table de la salle à manger, tentant de se ressaisir.

Elle ouvre le colis en tirant la languette et regarde à l'intérieur. Malgré son angoisse, elle ne peut s'empêcher d'esquisser un sourire en apercevant la boîte de plexiglas de son ami. Il y a une feuille de papier pliée en quatre sur le côté.

Trinity s'en saisit et l'ouvre.

Son regard s'adoucit. Sur la feuille, Speedy est dessiné. Enfin, on pourrait penser que c'est lui car la main malhabile qui a fait le dessin a bien indiqué la mention Speedy sur la coquille. Ses antennes sont immenses et l'Euxina exhibe un grand sourire avec de belles dents qui ressemblent à celles d'un lapin.

« C'est mignon... » murmure l'Américaine, en lisant les quelques lignes sous le dessin.

Bonjour Trinity !

Speedy a été très sage et je m'en suis occupé pour toi. Il a bien mangé et bu mais il n'aime pas trop les douches. Il a même fait un tour dans le jardin mais je l'ai retrouvé. Ouf ! J'espère le revoir bientôt. Maman m'a promis que j'aurai moi aussi un Speedy !

Bisous,
Célestina

Trinity lit la lettre, émue. Un flash éclate dans sa tête. Elle se retrouve projetée deux décennies en arrière, enfant, en train d'écrire une lettre similaire.

Elle lève les yeux et fronce les sourcils. À qui ?...

Peu importe, vite elle replie la lettre et la pose sur la table, avant de retirer lentement la boîte de plexiglas du colis. Elle fait glisser le couvercle et écarte les feuilles de Sopalin encore humides. Christina a fait du bon travail.

La terre a roulé dans tous les sens et il n'est pas facile de trouver son ami dedans. Elle a l'habitude, c'est comme ça à chaque voyage. Du bout des doigts, elle fouille lentement les recoins de la boîte où la terre s'est mélangée avec le papier. Elle finit par sentir le cône de la coquille.

Speedy dort.

Avec précaution, elle retire la terre, nettoie son ami et pose le petit gastéropode sur la table. Maintenant, il faut attendre quelques minutes et il ouvrira sa porte.

Trinity va pour jeter le colis et regarde machinalement à l'intérieur.

Il y a autre chose.

De la main elle en retire un sac en plastique dans lequel elle découvre avec surprise un portable. Elle le tourne entre ses mains, hésite et appuie sur le bouton pour le mettre en marche. Aussitôt une vidéo apparaît sur l'écran.

Les images défilent.

Elle couvre sa bouche d'une main, afin d'étouffer son cri.

10

SUR L'ÉCRAN du smartphone, Gianmarco apparaît. Il est filmé de côté, en gros plan. Il se tourne lentement pour faire face à la caméra. Ses pupilles sont dilatées.

Le souffle coupé, Trinity découvre son visage tuméfié. Elle reconnaît à peine la finesse de ses traits, le vert de ses yeux. Ses cheveux bouclés sont en bataille. Il porte une barbe de plusieurs jours. Il va parler. Elle ne respire plus.

« Trinity... écoute-moi. Il faut arrêter. Si tu tiens à moi, si tu m'aimes, il faut leur donner ce qu'ils demandent. Ne résiste pas, tout ceci nous dépasse. Je l'aurais déjà fait mais les formules sont trop compliquées pour être retenues de mémoire... »
Il toussote, le souffle court.

« Tu te souviens de Nietzsche et de Lou. Fais comme elle, laisse aller la charrette à problèmes et bientôt, on se retrouvera à Orta. »
Il tousse encore.
« Je t'aime Trinity et je ne veux que te revoir, le plus vite possible. »

La vidéo se coupe brusquement et un message s'inscrit.

Vous avez deux heures pour nous rappeler,
sinon vous ne reverrez plus le professeur vivant.
Contactez-nous avec ce portable.
Méfiez-vous du Japonais.

Trinity est hébétée.

Les pensées se bousculent dans son cerveau, entre le message de Gianmarco qu'elle tente de bien comprendre, son visage meurtri, les menaces de mort et puis, cet avertissement sur Shunichi...

Que vient faire le Japonais au milieu de tout cela ? Comment doit-elle agir ?

Sa première impulsion est d'appeler la nonna, afin de lui laisser un message au café Del Lago. Elle secoue la tête. C'est trop court. Elle n'a pas le temps.

S'enfuir ? Non car cela condamnerait Gianmarco.

Et si tout simplement elle leur donnait ce qu'ils demandent ?

C'est le choix le plus sensé, surtout que Gianmarco lui-même le veut. Elle a tout essayé, elle s'est battue au-delà de ses forces, elle est allée bien plus loin qu'elle ne s'en serait crue capable.

Elle a le droit de renoncer. Personne ne lui en voudra maintenant.

Oui, voilà.

D'un coup, Trinity se sent libérée d'un poids. Cela fait du bien. En finir et retrouver Gianmarco. Se glisser dans une robe Emilio Pucci et apprécier les joies simples d'une soirée légère, en tête à tête avec l'amour de sa vie.

Elle va pour appuyer sur le bouton d'appel du portable lorsque la porte de la salle de bain s'ouvre d'un coup.

« Colis pas abîmé ? »

Shunichi, en boxer, s'approche tout en s'essuyant vigoureusement les cheveux avec une serviette.

D'un geste vif, Trinity cache le portable dans sa poche et se lève.

« Oui, oui... tout va bien. »

Le Japonais s'approche de la table et ses yeux s'arrondissent.

« Qu'est-ce que... »

Trinity suit son regard mais elle sait déjà ce qui l'interpelle. Elle y est habituée. Speedy a pris ses aises et parcourt la longueur de la table, toutes antennes déployées.

« Katatsumuri... » murmure-t-il.

Il regarde Trinity, incrédule, puis à nouveau le gastéropode.

« C'était ça, colis ?
— Oui...
— C'est votre animal porte-bonheur alors ? »

Trinity hoche la tête.

« C'est une façon de voir les choses.
— Au Japon, nous respectons tous animaux et plantes. Leur âme est importante et liée aux humains. »

L'Américaine sourit. Il ne croit pas si bien dire.

« Il a un nom ?
— Speedy. »

Shunichi se rapproche de la table et se baisse pour se mettre au niveau du petit Euxina qui lui, arrive tout au bord.

« Il est joli.
— Merci.
— Speedy, petit, petit... »

Le gastéropode s'arrête et agite ses antennes, analysant les phéromones inconnues dont il est bombardé. Il ne sent aucune agressivité. D'excellente humeur, il tend ses antennes vers Shunichi.

« Je crois qu'il vous a déjà adopté... explique Trinity. Vous pouvez le caresser tout doucement sur la coquille. »

Shunichi s'exécute et touche le cône de l'Euxina.

Trinity se dit que si son escargot se laisse caresser c'est qu'il ne craint rien et que, par conséquent, le Japonais n'est pas dangereux. Elle aimerait bien retrouver cette communication ténue avec Speedy afin de pouvoir le confirmer. Peut-être cette nuit ?

Cette nuit ?!

Mais elle n'a pas le temps ! Il lui reste moins de deux heures pour en finir et libérer Gianmarco.

À nouveau, ses battements de cœur s'accélèrent.

Il faut faire vite. Téléphoner pour l'échange, récupérer le bout extérieur du carnet et le leur donner.

« Ce soir, je vous invite à diner. »

Shunichi se relève et se tourne vers Trinity encore perdue dans ses pensées.

« Avec Speedy, si vous voulez mais moi inviter vous.
— Pourquoi ?

— Pour notre amitié et parce que bientôt vous allez partir. »

Elle a un sourire gêné.

« Vous en avez assez fait pour moi. Regardez cette belle suite. Non merci, il ne faut pas.
— Ici c'est Parme ! Pas pouvoir manquer le jambon local, le prosciutto de Parma, ni le fromage, le parmesan. Alors comme dîner d'adieu, d'accord ? »

Trinity frissonne. C'est vrai qu'elle ne va plus revoir le Nippon. Elle lui doit bien ça mais elle n'a pas le temps. Il faut qu'elle s'échappe.

« Je suis un peu fatiguée aujourd'hui. On peut reporter à demain ? Si vous continuez à m'offrir l'hospitalité...
— Un jour encore, avec vous ? Très bonne nouvelle ça ! »

Il écarte les bras, visiblement joyeux.

À cet instant, dans la poche de Trinity, le portable FedEx se met à vibrer.

11

« ALLÔ ?
— Ça traîne. »

Trinity reconnaît la voix désagréable de la blonde platine. Elle a prétexté une envie pressante et a laissé Shunichi qui continue à jouer avec Speedy, avant de s'enfermer dans la salle de bain.

« J'allais vous appeler...
— C'est ça, pendant ce temps ton petit copain se rapproche de sa dernière heure. Tu n'as pas l'air trop pressée...
— Mais si ! Je...
— Je crois que tu t'en moques, oui. Si tu étais vraiment accro à lui, tu nous aurais déjà donné le carnet complet à Milan. Fouineuse ! »

La rage dans la voix de la blonde estomaque Trinity. Elle en perd son souffle.

« Ça veut jouer les héroïnes et ça chiale tout le temps. Ton escargot, si on avait pas des ordres, je l'aurais déjà écrasé d'un coup de talon, moi ! »

Trinity s'assoit sur la cuvette des WC, incapable de la moindre réaction face à toutes ces insultes.

« Eh, miss je-joue-les-innocentes, il te reste une heure et quarante-cinq minutes pour nous donner le bout du carnet. Tu m'entends ?
— Oui... oui, je vais le faire.
— Alors écoute bien : quand tu sortiras de ton hôtel tu vas prendre à gauche. Ensuite tu vas arriver à un croisement avec une avenue à deux voies. De l'autre côté, tu verras un hall encadré par deux grands piliers blancs. C'est l'entrée d'une résidence privée. Au fond, la grille sera ouverte.
— Je... je rentre ?
— Oui, il y a un grand jardin avec une allée centrale. On fera l'échange là. Compris ?
— Oui.
— Et n'essaie pas de t'échapper. Tu as eu beaucoup de chance mais cette fois-ci, on ne te lâche pas et on n'hésitera pas à te stopper définitivement... ce qui ne me déplairait pas. J'ai horreur des foireuses comme toi. »

La blonde platine a raccroché.

Trinity laisse tomber le portable sur ses genoux et enfouit son visage entre ses mains. Il faut qu'elle soit forte.

Elle peut le faire, elle peut le faire, elle peut le faire !

Juste leur donner ce qu'ils veulent et s'éloigner de tous ces gens dangereux. Oublier tout. Retrouver Gianmarco à Orta. Recommencer à zéro.

En elle, Trinity sent pourtant un autre sentiment poindre et grandir.

De la frustration. De la colère. Une envie de dire ses quatre vérités à l'insolente blonde. C'est un peu tard. Quoique... s'il n'y avait pas Gianmarco à sauver.

Pour se donner du courage, elle ressort le portable et repasse la vidéo. Son cœur se serre un peu plus en voyant, à nouveau, Gianmarco dans cet état. C'est mieux que rien. Il l'aime et veut la protéger. Il insiste vraiment pour qu'elle rende les formules manquantes.

Trinity arrête la vidéo et revient en arrière pour réécouter le passage sur Lou et Nietzsche. Cela lui rappelle leur histoire d'amour. Elle stoppe à nouveau les images et réfléchit. Elle recommence une troisième fois à écouter le même passage.

Elle fronce les sourcils.

D'un bond elle se lève et sort en trombe de la salle de bain. Shunichi, accroupi, qui jouait toujours avec Speedy bien installé sur son index, la regarde courir jusqu'à l'ordinateur de la suite.

« Ça va ?
— Oui.

— Vous êtes certaine ? Problème de ventre ?
— Non, non. Je dois juste vérifier quelque chose.
— Speedy très gentil. Nous avons conversation. »

Cela stoppe Trinity dans son élan. Elle fait demi-tour.

« Vous vous parlez ? Vous communiquez avec lui ? »

Shunichi la regarde, surpris par l'intensité de sa voix, et se redresse, Speedy toujours accroché à son doigt.

« Plaisanterie, juste plaisanterie Trinity. Il bouge antennes quand je parle alors on dirait qu'il comprend...
— Il comprend bien plus que vous ne le pensez ! »

Trinity a crié. Même Speedy a senti ses antennes se courber. Les yeux de Shunichi papillonnent.

« Moi désolé, petite blague mauvaise. Pardon. »

L'Américaine hausse les épaules et va s'asseoir devant l'ordinateur. Elle se connecte et ouvre un moteur de recherche. Elle tape le nom du philosophe allemand et lance l'application.

Shunichi, étonné, l'observe quelques secondes avant de se pencher vers Speedy.

« Mal lunée cet après-midi. C'est ça ? » chuchote-t-il.

L'Euxina semble approuver d'un mouvement d'antennes vertical.

Le téléphone de la chambre sonne discrètement. Le Japonais, avec Speedy sur son index, va répondre.

« Pronto ?... Sì, grazie mille. »

Il raccroche et va à la porte de la suite. Trinity ne le remarque même pas et continue de pianoter sur le clavier. On sonne. Shunichi ouvre et un livreur lui remet une housse en forme de veste. L'homme regarde d'un air étonné cet Asiatique qui se balade avec un escargot au bout du doigt.

Le Nippon le remercie et revient dans la salle à manger où Trinity est toujours concentrée sur son ordinateur.

D'une main, l'autre étant occupée par Speedy qui apprécie d'être promené comme un pacha, il pose la housse sur le canapé. Il ouvre la fermeture éclair et en sort un cintre sur lequel une veste bleu marine, légère, est accrochée. Un foulard orange dépasse de la pochette.

« Ah... très bon ! » dit Shunichi tout sourire.
Il se tourne vers Trinity.
« Vous voulez voir mon costume ? J'aime bien bleu. Veste croisée parfaite. Je vais mettre chemise blanche sans cravate, un pantalon très court même couleur, pas de chaussettes et une paire de baskets Converse, blanches aussi. Avec ce petit foulard, parfait ! Tout à fait dans Sprezzatura italienne... élégance négligée. Vous connaissez ?... »

Trinity marmonne un vague non et ne quitte pas des yeux l'écran de l'ordinateur.

Un peu frustré, le Japonais repose sa veste croisée.

« Moi sortir pour récupérer le reste. Ça va ? »

Trinity s'arrête brusquement de cliquer.

« Vous sortez ?
— Oui, il y avait retouche à faire sur pantalon qui était trop long. Il faut qu'on voie la cheville, sinon pas élégant et... »

Elle l'interrompt.

« Parfait, allez-y vite. Je vous attends. J'ai vraiment envie de vous voir dans cet ensemble... magnifique !
— Vrai ?
— Oui, vrai. »

Elle pousse un Nippon aux yeux soudain brillants vers la porte. Il a juste le temps de poser Speedy sur la table et de prendre son portefeuillc avant de se retrouver dans le couloir, perplexe.

Trinity a déjà refermé la porte et s'appuie contre elle.

« Désolée Shunichi », murmure-t-elle.

Elle sait qu'elle ne reverra plus le gentil Japonais. Elle souffle pour se donner du courage et se rue à nouveau vers l'ordinateur.

Il faut faire vite.

12

LA PORTE de la suite claque derrière elle.

Trinity regarde des deux côtés du couloir de l'hôtel tout en arcades. Les chandeliers illuminent le sol marbré. À intervalles réguliers deux fauteuils et une table basse sont posés sur un tapis. Il n'y a personne.

Elle inspire un grand coup et s'avance. Elle joue gros. La survie de Gianmarco en dépend. Elle descend l'imposant escalier qui mène à la réception et salue les employées.

La Californienne a encore une pensée pour Shunichi. Finalement, non seulement il l'aura aidée mais aussi involontairement sauvée.

Elle sort et prend à gauche comme on le lui a dit.

Trinity est certaine d'être épiée. Le portable sert sûrement à savoir exactement où elle se trouve. Dans son sac à dos, il y a le bout du carnet de Gianmarco et la boîte en plexiglas de Speedy. Ce dernier a d'ailleurs protesté face à ce retour trop rapide dans un espace confiné. Il a à peine eu le temps de se dégourdir le pied...

Elle arrive à un croisement.

Comme l'avait dit la blonde platine, une avenue à deux voies s'étend devant elle. Elle aperçoit, de l'autre côté, l'entrée avec les deux piliers blancs. La grille d'entrée est ouverte.

Elle traverse l'avenue, observant avec attention le hall de la résidence. Il lui faut un petit coup de chance pour que tout fonctionne bien. Elle ralentit alors qu'une vieille dame s'approche elle aussi des piliers. Cette dernière entre dans le hall.

Maintenant.

Trinity accélère le pas de façon à entrer en même temps que la retraitée. Volontairement, elle emboîte le pas de la vieille dame, arrive à son niveau et la bouscule.

« Scusi !
— Di nulla », lui répond l'autre.

L'Américaine laisse la femme passer la grille de la résidence pendant qu'elle-même ressort du hall. Elle vient de se débarrasser du portable qui maintenant se trouve dans le sac à main de la retraitée. Trinity n'a pas eu peur. Elle n'a pas tremblé. Ses yeux bleus sont aux aguets.

Elle prend à droite sur l'avenue et immédiatement se met à courir à grandes enjambées. C'est à cet instant que tout se joue. Elle court ainsi pendant quelques secondes et prend la première rue à droite, la Via Luigi Musini. C'est l'indication qu'elle a donnée au téléphone à l'agence de réservation.

Sous les arbres sans feuilles, une voiture blanche est stationnée. C'est bien un taxi.

Au loin, Trinity entend un bruit de pas précipité. Toujours concentrée, elle s'engouffre dans le véhicule en indiquant au chauffeur de la déposer à la gare.

Ce n'est que quelques minutes plus tard qu'elle se détend pour de bon et se laisse aller sur la banquette arrière.

Gianmarco est un génie.

Il n'a jamais voulu qu'elle donne le reste des formules. Et aussi douloureux qu'il ait été de le voir ainsi physiquement diminué sur la vidéo, aussi dangereux qu'il ait été de ne pas obéir aux ordres des kidnappeurs, Trinity lui a fait confiance.

La mention de Lou Salomé et de Friedrich Nietzsche était la clé.

Elle avait trouvé bizarre qu'il lui parle de charrette dans la vidéo. Ce n'est pas un mot qu'on utilise normalement pour parler de problèmes. Sauf peut-être si l'anglais n'est pas la langue maternelle de celui qui s'exprime. C'est ce qu'ont dû se dire les ravisseurs.

La charrette à problèmes... une expression italienne ? Pourquoi pas sauf si, comme Gianmarco, on connaît son Nietzsche par cœur.

Heureusement qu'elle avait fait toutes ces recherches sur le philosophe allemand à Las Vegas. Non seulement le mot charrette ne collait pas, mais en plus, Trinity sentait bien qu'il lui rappelait quelque chose, mais quoi ?

C'est en se souvenant de la fameuse photo prise dans un studio en Suisse par Lou, Nietzsche et son ami Paul Rée que tout lui est revenu. Elle l'avait montrée à Christina. Sur ce cliché, si les deux hommes étaient debout, la jeune femme elle, était juchée sur une... charrette !

Et que tenait-elle, Lou, dans sa main ?

Un fouet !

Tout le contraire de l'abandon, du renoncement, de la reddition. En fait, Gianmarco l'encourage à aller de l'avant, à avancer, à courir.

Juste le signe qu'il fallait à Trinity.

Ce petit coup de fouet, ce clin d'œil, cette confiance qu'il lui fait à un moment aussi risqué a galvanisé la Californienne. Son bien-aimé a remis sa vie entre ses mains. Il est hors de question qu'elle le déçoive.

Alors que le taxi roule à vive allure vers la gare, une vieille dame choquée se fait bousculer et houspiller dans sa résidence par une blonde platine enragée.

13

LE VISAGE tourné vers l'extérieur du train, Trinity observe les paysages d'Émilie-Romagne défiler.

Dans moins de trois heures, elle arrivera à Rome, après un changement à Bologne. Une fois là-bas, il ne lui devrait pas être trop difficile de se noyer dans la foule.

Et après ?

Dans les toilettes du train, elle a bien vérifié qu'il n'y avait aucun micro, aucun engin électronique dans son sac ou dans ses vêtements.

S'ils ont pu suivre sa trace jusqu'à maintenant, c'est bien qu'ils avaient un moyen de la traquer. Elle les avait sous-estimés parce qu'elle était sans expérience, ce qui n'est plus le cas maintenant. D'ailleurs, afin de ne prendre aucun risque, une fois à Rome, elle se débarrassera de tous ses habits.

Trinity a décidé de rester quelques jours dans la capitale italienne, anonyme, avant de recontacter qui ce soit. Elle a besoin de souffler, de se reposer, de faire le point après ce tourbillon qui l'a entraînée au cœur de l'Italie du nord.

Elle pose une main sur son sac qu'elle tient serré contre elle. Elle devine à l'intérieur la boîte de Speedy. Le pauvre, elle n'a même pas eu le temps de s'occuper de lui.

En fait, elle ne s'est pas précipitée pour le chouchouter.

Quelle sera maintenant sa relation avec le petit Euxina ?

Lorsque vous êtes persuadée qu'un gastéropode vous parle dans vos rêves, vous avez deux possibilités. Soit vous estimez que c'est juste le hasard, un songe parmi d'autres. Votre passion pour les escargots justifie que, de temps en temps, vous en rêviez. Soit vous pensez que c'est vraiment lui qui vous a permis, par ses conseils, de sortir d'un piège dangereux. Dans ce cas, que faites-vous ?...

Pour les autres, il est impossible de considérer tout cela avec sérieux.

Pour elle, lorsqu'elle était petite, c'était normal mais ensuite, on lui avait tellement dit qu'elle était malade qu'elle avait fini par le croire. Alors, avoir la boîte de Speedy entre les mains et devoir considérer que son petit ami puisse communiquer avec elle, c'est encore difficile.

De plus, elle ne ressent plus de messages, même pendant ses rêves. C'est comme si la communication était coupée maintenant qu'ils sont à nouveau réunis.

L'Américaine se sent mal à l'aise. Elle a l'impression de manquer de respect envers l'Euxina.

Elle a tellement voulu, dans le passé, être comme les autres, acceptée, considérée comme normale, qu'elle en garde certains réflexes. Encore un de ces automatismes incontrôlables comme son quand-retrouvera-t-elle-le-calme d'hier.

Elle a cette habitude, bien ancrée en elle, d'être prête à renier ses vrais ressentis et à les considérer comme des délires inoffensifs. Exactement les deux mots qu'avaient utilisés les médecins dans leur diagnostic, avant son traitement choc, lorsqu'elle était enfant.

Toute sa vie, elle a voulu se conformer, être comme tout le monde, faire partie du groupe, sans jamais vraiment y arriver.

Maintenant, elle s'en moque.

Ce qu'elle vient de vivre lui a donné une nouvelle vision d'elle-même.

Elle est une femme.

Qui peut.

Beaucoup.

Elle en est de plus en plus persuadée et c'est ce qui lui a donné la force de planifier, presque avec froideur, son échappée de Parme. Quand elle y repense, un frisson court sur sa peau et lui donne une délicieuse chair de poule.

Alors, la voilà, seule, dans un train du soir, se dirigeant vers une ville qu'elle ne connaît pas et où personne ne l'attend. Elle a communiqué avec un escargot et elle est poursuivie par des agents aux motifs sinistres.

Cela change de son train-train et de son travail à MetaForex.

De quoi demain sera-t-il fait ?

Elle n'en sait strictement rien et cette situation provoque de doux picotements en elle. Presque comme une jouissance.

Dans l'ombre du Frecciarossa lancé à vitesse maximale, Trinity rougit.

14

APRÈS les rues d'une Rome bruyante, elle goûte au silence de son hôtel.

Allongée sur son lit, Trinity feuillette sa bible, pour se détendre.

Le livre de Louis Bachelier. Sa fameuse édition originale qu'elle avait acquise à prix d'or auprès de Nadia, la jolie libraire marocaine du VIe arrondissement de Paris. Une nouvelle fois, elle en lit et relit l'épilogue.

Cela fait dix ans qu'elle possède Le jeu, la chance et le hasard et dix ans qu'elle essaie de déchiffrer cette dernière partie. Elle lui est restée totalement obscure, comme à tous les autres lecteurs du livre d'ailleurs. À tel point que dès le deuxième tirage, après 1914, cet épilogue avait disparu. Aujourd'hui ces quelques paragraphes sont inconnus de la plupart des experts.

Sauf de ceux et celles qui possèdent une édition originale.

Trinity repense à Julien Delage, son patron courtier chez qui elle faisait un stage à l'époque. C'était lui qui avait insisté pour qu'elle cherche ce livre et pas une édition ultérieure. Elle avait dû lourdement s'endetter pour acquérir l'objet tant recherché.

Dix ans plus tard, ce livre lui a rendu d'immenses services dans son travail de virtuose du marché des devises. Cela dit, n'importe quelle édition aurait pu servir, même celles disponibles maintenant gratuitement en PDF, sur internet.

Alors ? Pourquoi Julien Delage avait-il tant insisté sur cette première édition ? Parce qu'il y a quelque chose dans cet épilogue qui est crucial.

C'est un texte court, peu technique, très théorique. Bachelier, qui devait être poète à ses heures, aimait saupoudrer de phrases obscures ses algorithmes les plus cartésiens. Par exemple dans le chapitre XVI :

La probabilité naît d'une source instantanée ; elle jaillit spontanément, avec une rapidité infinie, puis elle se diffuse lentement dans l'espace. La probabilité est une sorte de fluide formant des ondes qui se propagent et qui s'éteignent comme les houles de l'océan.

L'épilogue, lui, reste totalement hermétique et confus. Elle en relit un extrait.

La théorie des ondes est un cas particulier de la théorie des probabilités continues. On y suppose qu'il s'agit réellement du temps et que la transformation des probabilités s'opère suivant une loi naturelle, celle dite des transactions elliptiques.

Ce n'est pas un Nick Burr, ni même son patron, Howard Noyce, qui pourraient se frotter à des concepts pareils.

Cette dernière loi est une notion qui lui est totalement inconnue. Au fil des ans, elle a effectué des recherches, parlé à différents spécialistes. Aucun n'a pu l'aider. Trinity a bien sa propre idée sur cette loi des transactions elliptiques mais cela lui paraît si extravagant qu'elle s'empêche de l'accepter.

Également, plusieurs fois, elle a cherché à avoir plus de renseignements auprès de Julien Delage lui-même mais il était toujours absent, au loin, dans des voyages en Afrique. Les rares fois où il a répondu à ses demandes, jamais par e-mail, toujours au téléphone, il n'a fait que la rendre encore plus perplexe.

« Enfin, avait-il dit, vous vous intéressez à ce qui est important.
— Mais pourquoi est-ce important ?
— Trinity, vous avez les qualités nécessaires pour trouver. Et même si je vous aidais, cela ne servirait à rien. Vous seriez toujours dans le flou. Il n'y a qu'une seule façon de comprendre ce texte.
— Laquelle ?
— C'est de trouver intérieurement la réponse.

— Ce sont des réponses de pseudo gourou que vous me donnez. C'est bon pour les faux experts en développement personnel qui pullulent, ici, en Amérique.
— J'insiste, Trinity, la réponse est en vous. »

Il avait fait une pause, comme s'il buvait quelque chose de chaud avec un petit bruit d'aspiration.

« Vous n'êtes pas à votre bureau ?
— Ah non, je suis sous une tente et il fait très chaud.
— Vous êtes en Afrique ?
— Oui et j'ai bien envie de finir mon thé en paix.
— Le troisième ?
— Tiens oui, c'est cela. Le troisième, doux comme la mort. Comment savez-vous ça ? »

C'était Nadia qui lui avait expliqué.

Un troisième thé doux comme la mort, pense Trinity en refermant Le jeu, la chance et le hasard. Elle pose le livre sur son ventre.

Curieuse de savoir où se trouvait son ancien patron au moment du coup de fil, elle avait fait quelques recherches. Même si la tradition des trois thés était répandue dans de nombreuses cultures, une seule semblait attacher le troisième à une notion de douceur et de mort.

Pour le peuple touareg, le premier thé était amer comme la vie, le deuxième, fort comme l'amour et le troisième, doux comme la mort. Qu'est-ce que Julien Delage pouvait bien faire chez ces habitants du désert africain ?

Ou alors, c'était juste un hasard et il se trouvait tout à fait ailleurs pendant leur communication.

Il faudrait demander à Bachelier.

15

TRINITY cligne plusieurs fois des yeux.

Il lui faut quelques instants pour se remémorer où elle se trouve.

Elle se tourne dans le lit, baille et se frotte les paupières.

Elle tente de se remémorer le rêve dans lequel elle était plongée. Des bribes lui reviennent. Il y avait un désert chaud. Des effluves de thé brûlant montaient au ciel en une spirale elliptique et tout là-haut, un Speedy flottait dans l'air avec ses antennes droites. Zen comme un moine bouddhiste.

Trinity se redresse et s'assoit sur le bord du lit.

Est-ce un nouveau message de son petit compagnon ?

Non, il n'y a pas eu de communication, pas de message subtil, pas de « voix » qui lui parlait. Elle essaie de se souvenir de la suite.

Soudain, l'Euxina redescendait sur Terre, dans un tourbillon lent et gracieux. Il se posait dans sa boîte en plexiglas et ensuite tentait d'en sortir le plus vite possible, comme s'il était paniqué.

Trinity sourit.

Speedy, pris de panique ? Non, c'est bien un rêve ça !

Le plus troublant arrivait à la fin, alors qu'il réussissait à s'extraire de sa boîte. Elle était posée sur un long pilier de style romain ou grec. Le petit escargot tombait à nouveau dans le vide, cette fois-ci comme une pierre. Il frappait brutalement un sol de marbre et se fracturait en mille morceaux.

Parmi les débris de coquille, la chair du gastéropode, mise à nue, arborait une sorte de tatouage, une tache, de couleur noire.

Le signe de la mort, pense Trinity instinctivement avant de se reprendre.

Elle se lève d'un bond.

« Mais qu'est-ce que je raconte, moi ! » dit-elle tout haut en se précipitant vers la boîte de plexiglas. Elle est posée sur le petit bureau qui occupe un coin de sa chambre.

Évidemment, elle est vide.

Épuisée, hier, elle avait juste enlevé le couvercle pour laisser le gastéropode se dégourdir le pied. Speedy, toujours prêt à partir à l'aventure, avait dû tout de suite s'élancer vers l'inconnu, antennes en avant.

Comme d'habitude, la Californienne suit la trace dorée, élégante et sinueuse, laissée par l'Euxina. Un demi-sourire aux lèvres, Trinity note qu'il a effectué une première traversée du bureau afin de repérer son nouveau territoire. Il est ensuite revenu sur ses pas, est passé sous la table pour en ressortir de l'autre côté.

Après, le vaillant escargot a escaladé le téléphone pour finalement en redescendre et se diriger vers le bloc-notes.

Trinity sourit franchement.

Il doit être là en train de sommeiller, fourbu, après son raid.

Elle déplace doucement le bloc et à l'arrière découvre son ami, pas du tout endormi, en train de mâchonner la pile de papiers.

« Bonjour Speedy... » murmure-t-elle.

Le gastéropode interrompt son festin, conscient de la pluie de phéromones qu'il reçoit. Il les a reconnues, analysées et classifiées en moins de temps qu'il n'a fallu à sa maîtresse pour le saluer.

En fin analyste, il a même noté une nouvelle senteur dans cette carte phéromonale. Quelque chose de neuf, subtil, naissant et qui pourrait grandir en bien ou en mal.

Peu importe, il reprend son repas à grands coups de radula.

« Si tu manges de bon appétit, cela veut dire que tout va bien. J'ai cru, pendant une seconde, que tu voulais me prédire ta mort... »

Trinity frissonne à cette pensée.

Il ne manquerait plus que cela. Sans Speedy, l'existence ne serait plus la même. Il l'a tellement aidée et soutenue ces derniers temps qu'il lui est difficile d'envisager son quotidien sans lui.

Pourtant, les escargots ne sont pas éternels. Elle le sait et depuis son enfance, depuis ses tous premiers compagnons cueillis derrière la maison de sa mère, elle en a vu passer des vaillants gastéropodes.

Ils sont comme tout le reste, éphémères, de passage. Une notion que Trinity a parfois beaucoup de mal à comprendre parce que, peut-être, elle est jeune et qu'elle pense avoir toute la vie devant elle. Du moins, c'est ce qu'elle essaie de se dire quand cela va moins bien.

Les Euxinas qui se succèdent à ses côtés l'aident à garder les pieds sur terre.

Mais Speedy est spécial.

Parce qu’il y a cette communication ténue qui est passée entre eux.

Parce qu’il l’a sauvée dans cette chambre d’hôtel de Milan face à Jeffrey.

Parce qu’il a encore des secrets à lui confier.

16

ELLE est en train de devenir une paranoïaque de la prudence.

Même s'il n'y a aucune chance pour que quelqu'un l'ait suivie jusqu'à Rome, Trinity ne veut courir aucun risque. Alors elle suit consciencieusement les leçons apprises auprès de la nonna et prend son temps pour rentrer et sortir de différents magasins. Elle joue avec les reflets sur les vitrines pour contrôler qui la suit.

Personne.

Après une demi-heure de marche dans les rues bondées de la Via del Corso, l'Américaine s'installe dans un café à touristes, sur une banquette, tout au fond de l'établissement. Elle commande son caffè con latte et pose son sac à ses côtés. Toutes ses affaires sont à l'intérieur, elle n'a rien laissé dans sa chambre.

Trinity sort ses téléphones portables, son iPhone et le prépayé. Pour l'instant, ils sont déconnectés, carte SIM ôtée.

Elle hésite à contacter la nonna. La perspective de rester cachée, isolée, coupée du monde dans la cachette piémontaise ne l'enchante guère. De plus, en branchant le portable, elle prend un risque. Celui de se faire à nouveau repérer et de devoir repartir dans une nouvelle course-poursuite.

Jefferson et la blonde platine l'ont assez fait courir.

Elle croque dans une viennoiserie qu'elle a prise dans la panière, sur la table.

Elle a aussi envie de savoir comment s'en sort Christina à Boston. Et pour cela, il faudra bien la contacter.

La journée est belle, ensoleillée, il ne fait pas trop froid, comme à Orta ou Milan, et il y a comme une atmosphère de vacances qui règne tout autour d'elle. Elle entend pas mal de personnes parler en anglais avec des accents britanniques, australiens ou américains. Cela lui fait un petit pincement au cœur.

Trinity soupire.

Elle vit une histoire folle mais au fond d'elle-même, elle sait que quelque chose lui plaît dans tout ça.

Dans le pire des cas, elle peut toujours se rapprocher de l'ambassade ou d'un consulat US pour échapper à ses poursuivants. Elle ne l'a pas fait jusqu'à présent parce qu'elle n'est pas certaine à 100 % que Jeffrey ne puisse la toucher dans ces sanctuaires pour citoyens américains.

Elle laisse quelques euros sur sa table, se lève, attrape son sac et sort rapidement. Elle rentre dans un de ces grands magasins de mode à petits prix et achète de nouveaux vêtements qu'elle paie avec sa carte de crédit, sachant pertinemment que cela laissera une trace.

Ce n'est pas grave. D'ici là, elle sera repartie.

De retour dans son petit hôtel, elle monte dans sa chambre. Avant d'entrer, comme la nonna le lui a appris, elle vérifie la présence du petit bout de papier, mâchonné par Speedy, qu'elle a coincé entre la porte et le chambranle.

Il ne s'y trouve plus.

Son cœur s'accélère.

Est-il tombé tout seul parce qu'elle l'avait mal fixé ? Ou bien une des employées d'étage est-elle venue changer ses serviettes ? Elle a pourtant accroché le panneau Ne pas déranger sur la poignée.

Elle pose son oreille contre la porte et écoute. À l'intérieur, il n'y a aucun bruit. Elle reste ainsi plus d'une minute guettant le moindre son.

Rien.

Elle entend seulement les femmes de ménage qui se rapprochent en bavardant. Pendant une fraction de seconde cela lui fait penser à Christina. Elle se revoit en train de fouiller dans la poubelle pour retrouver les pilules. C'est loin tout ça...

Toujours aucun bruit à l'intérieur.

La Californienne pose à ses pieds le sac en plastique qui contient ses nouveaux vêtements. Elle va pour glisser la carte qui lui permet d'ouvrir sa porte, lorsqu'elle entend un très léger raclement de gorge.

Et il ne vient pas de la chambre d'à côté.

17

TRINITY est figée, haletante.

La main presque sur la poignée, la carte prête à être glissée dans le système d'ouverture.

Le raclement de gorge vient bien de l'intérieur de sa chambre.

Sa respiration s'accélère. Elle recule sans faire de bruit, abandonnant le sac en plastique qui pourrait faire du bruit, tous ses sens en alerte. Elle ne se pose même pas la question de savoir comment on l'a retrouvée. Il y a bien plus urgent. Le son correspondait à la voix d'un homme, sans doute Jefferson.

Et s'il est là, la blonde platine ne doit pas être loin.

Trinity se colle contre le mur opposé, tentant de réfléchir.

Elle a envie de prendre l'escalier de secours et de sortir le plus vite possible. Cela serait un peu trop facile. Elle les connaît maintenant. Ce sont des professionnels prêts à tout, vraiment tout, pour récupérer le bout de carnet qu'elle cache dans son sac.

À pas feutrés, elle se dirige vers l'ascenseur.

Ne pas rester isolée, se noyer dans la foule, lui a expliqué la nonna.

Elle appuie sur le bouton d'appel et s'efface derrière l'angle du mur en l'attendant. Lorsqu'il arrive, elle jette prudemment un œil à l'intérieur. Il y a un jeune couple d'Italiens avec un enfant qui lui sourit, s'attendant à la voir entrer.

Trinity hésite une seconde.

L'homme appuie tout de suite sur le bouton pour bloquer la fermeture des portes. D'un regard, il l'interroge. Finalement, elle s'avance.

« Alla reception ?
— Sì, grazie. »

La descente des trois étages est trop rapide, au gré deTrinity. Elle n'a pas le temps de réfléchir posément car déjà, les questions l'assaillent.

Comment l'ont-ils retrouvée ?

Comment est-ce possible ?

Elle n'a aucun élément sur elle qui puisse la trahir, sauf peut-être ses vêtements mais elle n'y croit pas. Elle les a fouillés et n'a rien trouvé qui ressemble à une puce électronique qui servirait à donner sa position. Si elle a acheté ses nouveaux habits, c'était juste par professionnalisme.

Dans d'autres circonstances, ce mot la ferait sourire.

Les portes s'ouvrent sur le lobby où plusieurs groupes de touristes sont en train de régler leur note et s'apprêtent à partir avec leurs valises. L'encombrement est maximal pour la capacité de la pièce.

Tant mieux, pense Trinity. Il lui sera plus facile de s'esquiver.

Elle laisse passer la famille italienne et sort de l'ascenseur derrière eux. Immédiatement, une main ferme l'attrape sans ménagement par le haut du bras et l'entraîne sur le côté.

« Suis-moi. »

La voix de la blonde platine résonne dans ses oreilles. Elle résiste à l'envie de réagir et de secouer son bras. De toute façon, l'autre la tient d'une poigne de fer et la tire vers l'arrière du lobby.

Trinity, le souffle court, décide de patienter.

La femme l'entraîne vers une porte annexe qui donne sur une rue adjacente. En même temps, elle murmure, comme si elle parlait à sa boucle d'oreille.

« Je l'ai, je l'emmène au point B. Vous avez un visuel ? »

Trinity avale sa salive. Un visuel ? La blonde platine a non seulement un micro mais aussi une caméra sur elle ? Mais où ? Dans ses boucles d'oreilles ? Dans ses cheveux ?

Peu importe.

Il ne lui reste que quelques secondes pour s'échapper. Dans la rue, surprise, elle voit Jefferson s'avancer vers elle. Il vient de sortir d'une camionnette bleue.

« Mais alors qui est dans ma chambre ? Jeffrey ? ne peut-elle s'empêcher de dire tout haut pendant que la blonde platine la tire en avant.
— Personne, juste un petit enregistreur pour te faire croire qu'il y avait quelqu'un, idiote ! »

En même temps, elle fait un geste de sa main libre, indiquant tout son mépris pour Trinity.

Cette dernière n'hésite pas.

Profitant du mouvement vers l'avant de cette main, d'un coup, elle pousse de toutes ses forces son ennemie dans la même direction. Cette secousse, plus tout le poids de Trinity qui s'écrase contre elle, déséquilibre la blonde platine qui trébuche. Elle essaie de se rattraper mais sa prisonnière ne lui en laisse pas le temps.

Trinity, de son épaule, continue sa poussée violente pour la faire tomber.

Jefferson se précipite à la rescousse de sa coéquipière, alors que la porte de la camionnette s'ouvre, laissant entrevoir un Jeffrey agacé.

La blonde platine retrouve un semblant d'équilibre, tête en avant, un bras lui servant de balancier tandis que l'autre s'agrippe toujours à Trinity. L'Américaine donne une nouvelle poussée violente, directement dans le torse de l'autre.

La blonde crie mais c'est trop tard.

Trinity, les dents serrées, les yeux rageurs, l'oblige à frapper un des parcmètres qui borde la rue, la tête la première.

Le choc est violent.

Son ennemie hurle et se prend le visage à deux mains. Elle s'écroule et se tord de douleur.

Sur le visage de Jefferson, Trinity a le temps de saisir de l'incrédulité face à cette violence inattendue. Derrière lui, Jeffrey a vite réagi. Il bondit hors de la camionnette, la main déjà glissée dans sa veste.

Sans hésitation, Trinity part en courant et s'engouffre dans la porte annexe de l'hôtel.

Jefferson se lance derrière elle et Jeffrey, sans un regard pour sa collègue qui gémit au sol, part dans la direction opposée, vers l'entrée principale. Il crie des ordres à un micro invisible.

Des passants s'arrêtent pour aider la blonde platine ensanglantée et appeler une ambulance.

18

TRINITY débouche à nouveau sur le lobby encombré de touristes.

Essoufflée, elle se fraie un chemin entre les valises, les rires, les lunettes de soleil et les chemises à fleur.

La Californienne n'essaie même pas de passer par l'entrée principale. Comme elle arrive de l'entrée annexe poursuivie par Jefferson, il ne lui reste plus qu'une seule chance : les cuisines. En espérant que ses poursuivants soient bien une SAD team, comme le lui avait précisé la nonna, composée de trois agents.

Elle s'engouffre dans le restaurant où sont attablés des familles, des amoureux, des solitaires en train de prendre leur petit déjeuner. La traversée de la salle se fait à toute vitesse, creusant un silence surpris dans le brouhaha de langues aux accents du monde.

Au bout, elle enfonce la porte battante et se dirige vers le fond de la cuisine, se glissant entre les commis qui l'apostrophent en italien.

Trinity n'a pas peur de Jefferson. La blonde platine hors jeu, c'est surtout Jeffrey qu'elle craint. Il est le chef du groupe, un homme froid, qui n'aurait pas hésité à la neutraliser à Milan.

Maintenant que sa collègue a été éliminée, il va sans doute redoubler d'efforts et employer les moyens les plus radicaux.

Dans l'arrière-cour, un camion de livraison stationne. Son chauffeur en décharge des cageots blancs en polystyrène remplis de glace pilée. Une odeur de poisson entêtante prend Trinity à la gorge.

Ses yeux balaient la cour. Tout semble calme. Elle hésite. De toute façon, l'Américaine n'a pas le choix. Elle s'élance vers le portail.

À peine a-t-elle atteint la rue qu'elle entend le chauffeur crier. Elle se retourne et le voit à terre, recouvert de glace et de poisson frais alors que Jefferson, suivi de Jeffrey, l'enjambent sans un regard pour lui.

Trinity repart à toutes jambes.

Alors qu'elle poursuit sa course dans les rues de Rome, se faufilant entre les passants, elle tente de réfléchir pour éviter de paniquer.

Que faire maintenant ? Comment semer ses poursuivants ?

Elle sait que Jefferson ne pourra pas tenir longtemps mais Jeffrey ? Il a l'air en bonne forme et peut-être aime-t-il la course à pied, comme elle. En plus, il doit être enragé.

Une image lui vient à l'esprit.

Une image qui n'a rien à voir avec ce qu'elle vit maintenant.

Qu'est-ce que c'est que ça ? se dit-elle, essayant de rester concentrée sur sa course.

Un instant, elle croit que Speedy tente de communiquer. Mais, ballotté dans son sac à dos, il doit être plus occupé à s'accrocher aux parois en plexiglas de sa boîte qu'à autre chose.

Non, l'image qui apparaît est ancienne. Elle voit l'un des chemins en terre qui bordent la maison de sa mère et dans lesquels on peut se perdre si on ne les connaît pas. Ils conduisent aux zones désertiques qui apparaissent dès que l'on quitte le bord de mer.

Sa mère lui disait toujours de ne pas s'y aventurer.

C'est dangereux à cause de la chaleur qui y règne et on risque d'y faire de mauvaises rencontres. La frontière avec le Mexique n'est pas très loin, à quelques dizaines de kilomètres de là, plus au sud.

Trinity se souvient maintenant.

Elle est transportée de Rome à la Californie de son enfance.

Elle court sur ce chemin de sable et de pierres, les yeux en larmes. Elle ne voit plus l'aimable docteur Esteveros. À la place, on l'a harnachée sur un lit et on a placé des électrodes sur ses tempes. La douleur a été violente mais elle a serré les dents.

Sa mère lui a dit que si elle se comportait comme une grande, elle serait récompensée.

Pleine d'espoir, elle a donc vaillamment supporté les électrochocs. Après qu'elles soient rentrées à la maison, avant même d'aller voir ses petits amis aux antennes souples, tout sourire, elle s'est plantée devant sa mère.

Cette dernière, en train de faire un thé dans la cuisine, a baissé les yeux vers sa fille.

« Oui ?
— Tu m'as promis un cadeau maman...
— C'est vrai. Je suis fière de toi. Continue comme ça pendant les autres séances. »

Elle va prendre son sac et fouille dedans.

« Il va y en avoir d'autres ?

— Oui, une dizaine. On veut être certain de tuer les mauvaises graines qui sont dans ta tête.
— Qu'est-ce que tu fais ?
— Je cherche ton cadeau. »

La mine de la petite se décompose. Sa mère s'en rend compte.

« Quoi ? Tu ne veux pas de mon cadeau ?
— C'est que...
— Quoi ?
— Je pensais que...
— Trinity Silverman ! Exprime-toi clairement et vite. J'ai horreur des hésitations, elles sont un signe de faiblesse. Dis ce que tu as à dire ! »

Ses yeux d'un bleu trop clair, sans reflet, sont fixés sur ceux de Trinity qui baisse la tête et rougit.

« Maman... un câlin, s'il te plaît. »

Les yeux délavés s'affolent un instant.

La mère de Trinity arrête de fouiller dans son sac et le pose sur une chaise. Elle fait signe à sa fille de s'approcher et ouvre ses bras.

La petite se jette contre elle et la serre très fort.

Sa mère l'enveloppe et tapote le dos de Trinity.

Cette dernière ferme les yeux essayant de retrouver tout le plaisir qu'elle a dans son imagination à être serrée dans les bras de sa maman. Elle l'imagine tous les soirs dans son lit, sa couette, douce, faisant office de maman. Elle se laisse toujours endormir ainsi, bercée par la chaleur caressante de ses rêves.

Là, Trinity a beau serrer les yeux le plus fort possible, elle n'arrive pas à ressentir la même douceur. Ses bras d'enfants qui entourent le ventre de sa mère sont tout d'un coup repoussés.

« Voilà ma petite, voilà... »

La voix semble lointaine, distante, neutre. Elle la tient maintenant par les épaules.

« Tu es certaine que tu ne veux pas ton cadeau ? C'est un bon livre d'arithmétique et... »

Trinity fait volte-face et s'enfuit, loin.

Elle court sur les chemins de traverse, sans un regard en arrière.

Elle court dans les rues de Rome comme pour rattraper son existence qui, depuis son enfance, lui file entre les doigts. Toujours en urgence, surbookée, stressée, à la limite de la rupture, pour oublier. Se noyer dans les futilités quotidiennes pour ne pas sentir le vide de son cœur. Continuer à courir jusqu'au bout, jusqu'à la fin, jusqu'à trouver le bonheur impossible.

Elle l'a pourtant effleuré.

Mais il lui a été enlevé.

Et maintenant, à courir dans les rues de Rome, des hommes sans pitié à sa poursuite, son bien-aimé séquestré pour quelques stupides formules, elle n'en a jamais été aussi loin.

19

TRINITY ne sait plus depuis combien de temps elle s'enfuit.

Elle tourne dans les rues de la capitale italienne, traverse des grands magasins, au hasard, essayant désespérément de semer ses deux poursuivants. À chaque fois qu'elle pense avoir réussi, ils réapparaissent soudain.

Son moral finit par en prendre un coup et elle commence sérieusement à douter.

Elle s'est peut-être surestimée ?

Trinity se force à se ressaisir. Réfléchis ! se dit-elle. Réfléchis ! Comment leur échapper ?

Finalement, elle se rend compte que Jefferson a disparu. C'est une bonne nouvelle mais en même temps, elle le savait. Jeffrey est beaucoup mieux entraîné et toujours sur ses talons. Il faut absolument qu'elle trouve un moyen de disparaître car ses forces s'épuisent.

Elle se précipite dans un énième magasin.

Il est immense avec de grandes allées où une clientèle à la fois italienne et étrangère effectue tranquillement ses emplettes.

Trinity a une idée.

Elle grimpe quatre à quatre les marches des escalators et se dirige vers le rayon femmes, attrapant une robe au passage. Du regard, elle cherche les cabines d'essayage. Les ayant aperçues, elle court vers la vendeuse qui distribue les numéros, petits sésames pour pouvoir s'isoler et faire son essayage. Son numéro en main, Trinity se précipite dans l'une des cabines, hors de vue de son poursuivant.

Jeffrey doit stopper brusquement sa course. Il lui est impossible d'aller plus loin. Comme il n'a plus la blonde platine pour l'aider, il commence à faire les cent pas devant l'entrée de ces cabines dont il aperçoit chaque rideau. Des clientes entrent et sortent, vêtements en main.

Pas de Trinity.

Le temps passe. Jeffrey fait toujours de grandes allées et venues dans le rayon femmes.

Une trentaine de minutes s'écoulent. Le faux serveur de Las Vegas regarde autour de lui, perplexe. Cachée juste derrière la vendeuse parmi les robes et les manteaux essayés puis rendus, Trinity le guette, attendant qu'il parte.

Mais Jeffrey ne semble pas vouloir s'en aller. L'employée, complice au début, commence à lui jeter des coups d'œil inquiets. Ce qu'elle croyait être juste une plaisanterie pour piéger un petit copain, lui parait maintenant bien long. Discrètement, elle se penche vers Trinity qui a la tête enfouie dans les cintres.

« Vuolo telefonare alla polizia ? »

L'Américaine chuchote un non qu'elle veut léger comme si elle s'amusait. Elle continue à observer Jeffrey. D'autres clientes viennent faire des essayages. La vendeuse doit s'absenter un instant pour aider une jeune fille qui a des problèmes avec sa fermeture éclair.

Trinity aperçoit Jeffrey en train de sortir son portable de la poche. Elle se redresse. Il va peut-être abandonner ? Mais au lieu de passer un coup de fil, il garde l'écran tactile face à lui comme s'il lisait un message. Puis il pivote lentement. Il décrit ainsi presque un cercle complet sur lui-même.

Trinity pâlit.

« Non, ce n'est pas possible... » murmure-t-elle.

Il continue à tourner et s'arrête juste dans la direction de Trinity. Il lève les yeux. Elle s'enfonce brusquement dans les vêtements.

Maintenant oui, elle panique. Sa respiration s'accélère. Elle n'arrivera jamais à se débarrasser de lui. Il la suit avec un quelconque traqueur qu'elle porte sur elle.

Mais où ?!

Rien sur ses vêtements, rien dans son sac, rien dans ses chaussures.

Elle a déjà tout fouillé, ouvert, contrôlé.

Dans un geste désespéré, Trinity tapote sa veste de spencer blanc, fouille encore dans ses poches. Dans son réduit, elle prend son petit sac à dos et cherche un objet étranger qui aurait pu y être glissé à son insu.

Elle touche la boîte de Speedy.

Bien qu'elle soit passée entre les mains de la blonde platine, Trinity est certaine qu'elle ne dissimule rien. Elle l'a examinée de près. Il est impossible de cacher quoi que ce soit dans le plexiglas transparent et dans la terre qu'elle a labourée de ses doigts, au grand mécontentement du gastéropode. Elle poursuit la fouille de son sac et saisit son portefeuille qu'elle ouvre dans tous les sens, cherchant dans ses factures, ses multiples cartes de visite, ses euros et dollars, le moindre indice.

Sans succès.

Alors ? Où est le traqueur ? Comment échapper à Jeffrey ?

Elle n'ose pas penser à ce qui se passera s'il l'attrape.

Soudain, en rangeant ses cartes de visite, elle fronce les sourcils. Trinity jette un coup d'œil à Jeffrey qui, à présent sûr de lui, attend qu'elle sorte de sa tanière, vaincue.

Le visage de l'Américaine s'éclaire.

Elle glisse une des cartes dans la poche de son spencer et referme le portefeuille.

Elle sait comment échapper définitivement à son poursuivant.

20

TRINITY allume son iPhone.

Peu importe maintenant. Jeffrey peut la suivre sans qu'elle sache comment, alors pourquoi se gêner ?

Elle attend que le portable accroche le réseau internet, ouvre une appli avec une carte de Rome et se focalise sur les rues. Elle mémorise son parcours tout en jetant, de temps en temps, un œil en direction de Jeffrey. Il est en grande conversation au téléphone. On a dû le prévenir.

Il faut qu'elle soit prudente en faisant glisser la carte sur son écran tactile. Ils doivent observer en temps réel ce qu'elle consulte.

Une fois satisfaite, elle ferme l'appli et compose un numéro mémorisé dans son répertoire. On décroche presque aussitôt.

« Allô, Trinity ? »
La nonna est surprise.
« Pourquoi m'appelez-vous avec votre portable ? Vous savez que c'est dangereux. Où êtes-vous ?
— À Rome.
— Qu'est-ce que vous faites là-bas ?
— J'essaie d'échapper à vos confrères.
— Mais ils vont vous repérer...
— C'est déjà fait et... »
Trinity se lève carrément. Concentré, les yeux rivés au sol, Jeffrey ne lui prête aucune attention. Il s'applique à écouter son téléphone. Elle poursuit.
« ... Je crois même qu'ils nous écoutent en ce moment. »

Le faux barman lève soudain les yeux et la découvre, surpris. Trinity lui fait un petit coucou.

« Oui c'est ça. Le chef de la SAD locale, accessoirement expert en cocktails, nous écoute en ce moment. Il est juste en face de moi à quelques mètres et je vais lui donner ce qu'il veut. »

Incrédule, Jeffrey fronce les sourcils, le portable toujours à l'oreille.

« Trinity, ne donnez pas le bout de carnet !
— Pourquoi ? Vous ne voulez pas revoir votre petit-fils ? Vous n'avez pas de cœur ?

— Parce qu'ils ne respecteront pas l'échange. Je vous l'ai déjà dit et démontré à Milan. Ils ne libéreront pas Gianmarco ! Je le sais, j'ai fait le même travail... »

Trinity soupire.

« Eh bien, vous ne devriez pas être fière...
— Arrêtez de plaisanter Trinity. »

Cette dernière lève la tête.

« Jeffrey n'est pas comme vous Arianna. Si je lui donne le carnet, il libérera Gianmarco, n'est-ce pas ? »

Le faux barman hoche doucement la tête.

« Merci Jeffrey ! Au fait, vous devriez me donner votre recette de Bolli-Stoli. C'étaient les meilleurs vous savez ?... »

La nonna l'interrompt.

« Trinity, qu'est-ce que vous faites ? Vous allez bien ?
— Bien, moi ? »
L'Américaine éclate de rire.
« Je n'ai jamais été aussi bien de ma vie !
— Ne faites pas de bêtise, d'accord ?
— Non, bien sûr ! Vous me connaissez, toujours sage et timide. Je ne ferais pas de mal à une mouche. Les pilules ont fait leur effet, je suis matée, n'est-ce pas Jeffrey ? »

Elle part à nouveau dans un rire aigu, presque hystérique.

Le faux barman fronce les sourcils, soucieux. Quelque chose ne colle pas. Portable toujours collé à l'oreille, il regarde autour de lui, inquiet maintenant.

« Trinity, s'il vous plaît, je sais ce qui se passe en vous mais n'agissez pas sur un coup de tête, car c'est la meilleure façon de tout perdre...
— Et comment croyez-vous que je vais m'en sortir ? Je suis coincée, Jeffrey bloque toutes les issues. Je sais ce que je fais. Donner le bout du carnet est la seule solution, demandez donc à Raffaella, au lieu de pleurnicher. »

Elle coupe brusquement la communication.

Jeffrey ne la quitte pas des yeux, méfiant.

Trinity range le portable dans la poche de sa veste. Elle se penche lentement pour récupérer son sac à dos qu'elle enfile et dont elle serre d'un geste sec les lanières.

Le faux barman est toujours au téléphone mais il s'est éloigné. En grande conversation avec quelqu'un, il observe tout autour de lui.

Trinity remercie la vendeuse qui ne comprend rien à ce qui se passe.

L'Américaine sort de la zone des cabines d'essayage et s'avance tranquillement vers Jeffrey.

21

TRINITY flâne entre les rayons remplis de manteaux à la mode.

Elle marche lentement vers un Jeffrey alarmé. Elle musarde, jouissant du moment. L'Américaine en serait presque fière d'elle-même.

Les hommes sont faciles à tromper.

Elle prend même le temps de s'arrêter devant un élégant trench-coat violet foncé à motifs bleu turquoise et jaune doré. Une coupe et des couleurs comme cela lui iraient très bien. Elle en détaille l'étiquette. C'est un Missoni. Magnifique ! Le prix aussi.

Trinity reprend sa promenade, se rapprochant de Jeffrey, lui souriant.

D'autres femmes, occupées à toucher les étoffes et à consulter les tailles, passent entre eux.

L'Américaine se dit que finalement, malgré son apparente position de dominant, un homme c'est faible. C'est bourré de testostérone qui ne lui permet pas vraiment de réfléchir. Tout juste d'agir à coup d'humeurs. Comme son père qui l'a abandonnée sur un coup de tête. Oui, c'est ça, la plupart des hommes n'agissent que par impulsions physiques.

Ils ont rarement des décisions posées, retenues, pour le bien de tous. Même lorsqu'ils font semblant de réfléchir, le résultat est identique. Au fond d'eux-mêmes, la décision est prise depuis longtemps. Il faut juste trouver un moyen de la justifier.

Oui, se répète Trinity, en caressant la doublure d'une veste fourrée, la testostérone nourrit l'ego des hommes.

Pour le plus grand malheur du monde.

Il faut que cela change. Et ça commence maintenant.

Jeffrey a fait quelques pas en avant, tendu.

Trinity se plante devant lui.

« Pourquoi faites-vous ça ?
— Que voulez-vous dire ? Allez, finissons-en, donnez-moi bien gentiment ce bout du carnet.
— Non. »
La réponse de Trinity est sèche. Sans aucune hésitation.

« Je répète : pourquoi faites-vous ça ?
— J'obéis aux ordres et... »

Elle l'interrompt.

« Non, pourquoi faites-vous ce métier qui vous oblige à oppresser des gens innocents ?
— Donnez-moi le carnet !
— Répondez-moi Jeffrey et regardez-moi dans les yeux. Qu'y a-t-il de caché dans votre passé, dans votre enfance, qui vous force à agir ainsi ?... Dites-moi ! Un père brutal ? Une mère distante ?... »

Jeffrey vacille avant de se ressaisir.

« Taisez-vous et donnez-moi ce carnet ou je vous...
— Ou quoi ? Vous allez m'abattre ici, devant tout le monde ? »

Il hésite. Soudain il tourne la tête vers la droite, vers un bruit lointain.

Une sirène.

Ses yeux, remplis de stupeur et de haine reviennent vers Trinity.

« Vous...
— Oui, moi ! »

Trinity éclate de rire.

« À malin, malin et demi. Il vous reste peu de temps pour disparaître. Si j'étais vous, je ne traînerais pas. Ils ont même votre signalement. »

La sirène de police se rapproche. Jeffrey recule.

« Vous allez me le payer, très cher !
— Et allez, encore un coup de testostérone. »

Une lueur d'incompréhension passe dans son regard.

« Ne cherchez pas, vous ne pourrez jamais comprendre. Filez, plutôt !
— Je ne vous lâche pas d'une semelle ! » dit Jeffrey en pointant un doigt menaçant vers elle.
Il fait demi-tour et s'éloigne avant de se noyer parmi les clients du magasin.

Trinity lâche un long soupir.

Elle est épuisée. La longue course-poursuite et la tension du face à face ont drainé toute son énergie. Elle se reprend. Il ne s'agit pas de lambiner et de se faire remarquer par la police.

Elle descend les étages par les escaliers. Laisser un message pour la fameuse Raffaella au café Del Lago avec son portable prépayé était pourtant une idée toute simple. Mais ses adversaires ne pensent pas comme elle.

C'est ce qui fait sa force dans le domaine du Forex et du marché des devises.

Penser différemment.

Maintenant, elle arrive à s'en servir dans d'autres secteurs de sa vie. Cela pourrait changer beaucoup de choses... comme par exemple ce comportement, gravé dans les mentalités depuis des millénaires, que la femme est en dessous de l'homme.

Trinity réalise là, d'un coup, qu'elle s'est abaissée trop longtemps. Face à ses patrons par exemple, pour correspondre aux clichés, survivre dans le monde du travail et être acceptée. Elle renforçait ainsi leur pouvoir sur elle.

Il faut que ces préjugés disparaissent et il n'y a qu'un moyen d'y arriver.

C'est aux femmes de s'émanciper. D'assumer leur personnalité quelle qu'elle soit, quitte à bouleverser les codes moraux existants.

La gente masculine n'a pas à leur accorder un quelconque privilège. Les deux sont égaux et complémentaires dans leurs différences. Mais allez dire cela aux testostéroniens...

Elle continue à dévaler les marches en pensant à la nonna. Est-ce qu'elle aussi pense de façon latérale, en dehors des sentiers battus ?

En tout cas, la grand-mère de Gianmarco a bien saisi son message codé pour Raffaella et a aussitôt appelé le café Del Lago. Avec les instructions qu'elle lui a laissées, la nonna a pu ensuite appeler la police et leur donner la description précise d'un homme dangereux au troisième étage du magasin, rayon manteaux.

Demander à la vendeuse d'alerter les autorités aurait obligé Trinity à devoir attendre sur place et à devoir se justifier face aux forces de l'ordre.

Elle sort du magasin au moment où deux policiers en civil accompagnés de quelques carabinieri se lancent dans les escalators.

Il s'agit de ne pas traîner. Elle s'est donné un peu de répit mais ils peuvent toujours la suivre à la trace, sans se montrer.

Pour leur échapper définitivement, il n'y a qu'une seule solution.

Elle rentre dans le premier magasin de portables prépayés et en achète un nouveau. Elle a abandonné celui qui a servi à appeler la nonna dans les cabines d'essayage. Une fois que le nouveau est connecté au réseau, elle repart.

Alors qu'elle longe le Tibre, sans prêter la moindre attention aux splendides sculptures qui bordent le pont Saint-Ange, elle sort la carte de visite de la poche de sa veste spencer et compose le numéro inscrit dessus.

Elle aurait préféré ne pas avoir à l'utiliser, cela va contre toutes ses croyances, mais c'est le seul moyen. Le temps lui manque.

Trinity finit de taper le numéro et va pour appuyer sur la touche d'appel.

Par instinct, elle lève les yeux.

Juste au bout de la rue, Jefferson marche à pas rapides dans sa direction.

Elle fait volte-face, prend à droite et s'élance à petites foulées sur le deux fois millénaire pont Saint-Ange, se frayant un chemin parmi les grappes de touristes.

Trinity soupire.

Elle aurait espéré avoir un peu plus de temps pour souffler.

22

COURIR, toujours courir.

Au moins elle est dans la bonne direction. Elle sait où elle va.

Trinity se rapproche de sa destination.

Cependant, pour pouvoir échapper à Jefferson, elle doit absolument passer ce coup de fil.

Son dernier sésame. Sa dernière chance. Son ultime joker.

Derrière elle, le sexagénaire, seul membre rescapé du SAD, ne fait pas trop d'efforts pour tenter de la rattraper.

Plusieurs fois, l'Américaine a essayé de composer à nouveau le numéro, ce qui est impossible en courant. De toute façon, elle va devoir parler, s'expliquer, argumenter. Il lui faut du souffle, ce dont elle manque.

Elle vient de laisser sur sa droite le château Saint-Ange et court sur la longue Via della Conciliazione. Tout au bout, elle aperçoit son objectif avec ses immenses colonnades en arc de cercle ouvert, célèbres dans le monde entier.

Il faut qu'elle téléphone !

Jefferson se maintient à distance. De toute façon, il la tient « en laisse » à cause de ce maudit traqueur invisible.

Trinity passe devant un hôtel, le Columbus, et hésite à y entrer. Finalement, elle renonce car elle ne veut pas, encore une fois, prendre le risque de se faire coincer. Elle repart et, après quelques foulées, débouche sur l'immense piazza.

La jeune femme est époustouflée par la majesté de ce qu'elle découvre.

Comme tout le monde, elle l'a vue des dizaines de fois à la télévision, à l'occasion de cérémonies diverses. Mais la découvrir en vrai est réellement magique et donne le frisson. La place est grandiose. Les deux colonnades forment de gigantesques parenthèses qui encadrent l'imposante piazza, au centre de laquelle est fiché un obélisque aux teintes rosées.

La place Saint-Pierre.

En arrière, la basilique du même nom s'élève, massive.

Trinity interrompt sa course, impressionnée par la magnificence de ce qu'elle découvre. Cela change de Las Vegas. Ici, ce n'est pas de l'illusion, de la copie, du carton-pâte.

C'est de l'authentique. Du vrai. En marbre. En pierres solides, inamovibles.

Elle se ressaisit et repart à petites foulées. Elle pénètre entre les deux colonnades aux multiples rangées de hauts piliers, couronnées dans toute leur longueur par un nombre inimaginable de statues.

Vu du ciel, pense Trinity, cela doit ressembler à deux immenses pinces, prêtes à vous attraper pour vous faire rentrer dans le droit chemin. Devant elle, il y a de plus en plus de touristes et, à mesure qu'elle s'enfonce entres les pinces-colonnades, elle aperçoit une foule de plusieurs centaines de fidèles massés devant la basilique Saint-Pierre.

À grandes enjambées, elle s'élance dans leur direction, contournant les différentes barrières mises en place pour contrôler les grands rassemblements religieux.

Aujourd'hui, rien de tout cela mais il y a suffisamment de monde pour qu'elle puisse se fondre dans le public et enfin passer son coup de fil.

Trinity se retourne et distingue, assez loin derrière, un Jefferson qui ne semble pas trop pressé. Il est au téléphone, expliquant sans doute que leur cible est en train de se faire prendre au piège entre deux monumentales pinces dont elle ne pourra pas ressortir si on lui envoie des renforts.

Elle prend son portable et tout en marchant, recompose le numéro.

Son cœur commence à battre plus fort.

Elle appuie sur le bouton vert.

L'Américaine joue son va-tout. Si cela ne fonctionne pas... elle est perdue.

Quelqu'un décroche.

« Pronto ? »

23

TRINITY ferme les yeux une seconde, soulagée. C'est bien sa voix. Il reprend.

« ... Pronto ?
— Père Manzini ?
— Oui, c'est moi... Vous êtes ?
— Nous nous sommes rencontrés, il y a quelques jours à Orta, je m'appelle Trinity Silverman, la touriste américaine que vous avez invitée au restaurant. »

Il y a un blanc au bout de la ligne puis une respiration rapide.

« Ah oui ! Je me souviens bien de vous. Avec un prénom comme le vôtre, je ne risque pas de vous oublier. Nous avons déjeuné à...
— Aidez-moi ! »

L'ecclésiastique marque un temps d'arrêt au téléphone, surpris par le ton désespéré.

« Je... Oui, bien sûr, qu'est-ce que je peux faire ?
— Faites-moi entrer chez vous !
— Chez moi ?!
— Dans l'enceinte du Vatican.
— Oh, je peux vous arranger ça, si vous voulez visiter les musées...
— Non, mon père, c'est urgent ! Faites-moi entrer maintenant !... Tout de suite ! »

À nouveau, le père Manzini est confus. Trinity regarde derrière elle. Jefferson s'est rapproché et s'agite aussi au téléphone. Le fait qu'ils n'arrivent plus à écouter sa conversation doit alarmer l'équipe du SAD.

« Mais Mademoiselle Silverman, vous ne pouvez pas y accéder comme cela. Il faut faire une demande et recevoir une autorisation. En faisant vite, je peux vous arranger cela en quelques heures bien que les bureaux administratifs soient en train de fermer et...
— Je n'ai pas le temps ! Je suis poursuivie, je vais être enlevée dans quelques minutes si vous ne m'aidez pas.
— Quoi ? Qu'est-ce que vous racontez ?!
— Tout de suite, mon père, tout de suite ! Oh non...
— Que se passe-t-il ? »

Alors qu'elle se dirige vers la droite de la place Saint-Pierre, Trinity aperçoit Jeffrey qui vient de rejoindre Jefferson.

« Allô, allô... Ça va ?

— Non, ça ne va pas du tout ! Ils vont me rattraper et m'enlever...
— Mais pourquoi ? Vous êtes une touris...
— Je n'ai pas le temps. Si vous ne voulez pas avoir ma disparition sur la conscience, aidez-moi, tout de suite ! J'ai sur moi des documents top secrets qu'une organisation mafieuse veut me reprendre. Vous êtes un homme de Dieu, vous devez me secourir... Je demande le droit d'asile ! »

Trinity a utilisé les grands moyens. Elle est paniquée mais son instinct lui souffle les mots-clés pour faire plier l'ecclésiastique.

« Où êtes-vous ?
— Sur... sur la droite de la place Saint-Pierre.
— Passez sous les colonnades.
— Et après ?
— Vous ferez face à une muraille, le passetto, avec deux grands portiques qui donnent sur une rue. Suivez-la jusqu'à une place. Dites-moi quand vous y êtes. »

Trinity s'élance à toute allure. Elle passe sous le portique et longe un haut mur rose pâle, l'enceinte du Vatican. Sur sa droite, de nombreuses boutiques-souvenirs commencent à fermer. Elle se faufile entre les touristes, assez nombreux, malgré la saison. Dans son portable, elle entend le père Manzini intervenir au téléphone en italien. Derrière, seul Jefferson la file.

« J'y suis ! Après ? Je continue à longer le mur sur la gauche ?

— Oui, suivez les panneaux vers l'entrée des musées qui viennent juste de fermer. Ah, je vous vois ! Allez-y, ne vous arrêtez pas. »

Malgré elle, la Californienne vient de stopper, interdite.

« Vous me voyez ?
— Oui, avec une de nos caméras de surveillance. »

Trinity repart, se demandant si tous les prêtres ont accès aussi facilement aux vidéos de sécurité. Elle longe la place, évite des vendeurs à la sauvette et poursuit sa course jusqu'à ce que la rue fasse un nouvel angle vers la droite. Le mur se transforme en haute muraille de briques qu'elle continue à suivre.

« C'est long ! » crie-t-elle dans son portable, essoufflée.

Le père Manzini ne lui répond pas. Jefferson est à bonne distance. Elle rencontre un nouveau croisement et continue à gauche, longeant ce mur qui atteint maintenant une hauteur impressionnante et qui n'en finit pas. La rue, en légère montée, l'oblige à faire des efforts supplémentaires.

« Vous allez arriver à l'entrée des musées, vous la voyez ?
— Oui, oui, j'y suis... »

Le trottoir s'agrandit, un renfoncement dans la muraille donne sur un large espace où se découpe une porte massive. En pierre sculptée, elle est surmontée par les armes de la papauté, elles-mêmes encadrées par deux statues.

Juste en dessous, on peut y lire, gravé dans le marbre, « MVSEI VATICANI ».

Quelques touristes traînent encore autour, prenant les derniers clichés de la journée, tandis que d'autres achètent une part de pizza ou un panini à un marchand ambulant.

« Allez à la porte, on va vous ouvrir. »

Trinity grimpe les quelques marches qui lui permettent d'atteindre cette gigantesque porte vert foncé, close.

Elle se retourne. Jefferson vient d'arriver sur sa droite et, portable collé à l'oreille, s'avance d'un pas décidé vers elle. Il regarde de l'autre côté et range son téléphone. L'Américaine suit son regard. Sur sa gauche, elle voit déboucher un Jeffrey qui stoppe sa course puis se met également à marcher vers la porte.

Elle est coincée.

Entre deux pinces qui ne lui veulent pas du bien.

Si le père Manzini ne lui ouvre pas immédiatement, elle est fichue.

Trinity se recule jusqu'à s'adosser tout contre la porte. Les deux hommes s'avancent prudemment. Ils savent bien qu'elle ne peut pas s'enfuir mais ils se souviennent du traitement qu'elle a infligé à leur coéquipière et de la manière dont elle a échappé à Jeffrey dans le magasin de mode.

Ils ne la sous-estiment plus.

Les deux agents ne sont plus qu'à quelques mètres. Ils marquent un temps d'arrêt et se consultent du regard. Cette fois-ci, c'est bon.

Jefferson écarte les bras, la moustache frémissante.

Jeffrey, l'œil triomphant, glisse une main dans sa poche.

« Ne faites pas de bêtises... » murmure-t-il.

Trinity en est incapable. Figée dans sa stupeur, elle s'en veut de s'être fait prendre aussi bêtement.

Voilà, c'en est fini.

Son instinct lui dit de courir droit devant elle vers le caffè Vaticano, qu'elle aperçoit de l'autre côté de la rue, pour tenter une ultime échappée entre ses deux poursuivants. Sa raison lui dit qu'elle n'ira pas loin. De toute façon, le traqueur introuvable la tiendra toujours au bout d'une invisible laisse qu'elle ne pourra pas rompre.

Trinity baisse la tête, épuisée.

Il n'y a pas de Dieu, ni de justice. Sinon, elle échapperait à ses ennemis.

Jeffrey pose une main sur son épaule.

« Suivez-nous. »

24

SOUDAIN, on entend un grand bruit de serrure.

La partie basse de la grande porte des musées du Vatican s'ouvre sur un homme portant un képi, une chemise blanche et un pantalon bleu. Une arme de poing est accrochée à sa ceinture.

Un gendarme papal.

Les trois à l'extérieur restent figés dans leur pose, stupéfaits par cette apparition.

« Signora Trinita ? »

Trinity, essoufflée, ne peut que hocher la tête, aussi surprise que Jeffrey et Jefferson.

« Mi segua », ajoute-t-il, en lui faisant signe d'entrer.

Retrouvant ses esprits, d'un geste vif, elle frappe le bras de Jeffrey pour se dégager de son emprise. Ce dernier fait une grimace et ne peut que la laisser s'en aller. Il recule, visiblement ébahi que le garde connaisse le nom de leur cible. Jefferson va pour tenter de parler avec l'homme en uniforme mais son patron l'arrête d'un mouvement de la main.

Trinity, haletante, bondit à l'intérieur. Le garde referme la lourde porte, derrière laquelle apparaît le père Manzini. Le visage doux et fin du jésuite, ses yeux bruns, ses cheveux gris plaqués en arrière rappellent à l'Américaine le bon moment qu'ils ont partagé dans ce restaurant d'Orta. Plus que soulagée, sans un mot, elle lui saute au cou, tremblante. Cela fait sourire le garde alors qu'il remet en place les loquets et le système d'alarme de la porte.

L'ecclésiastique lui tapote le dos, lui laissant le temps de se remettre avant de la repousser gentiment.

« Vous voulez me faire perdre ma réputation...
— Vous venez de me sauver la vie, souffle Trinity, presque en larmes.
— N'exagérez pas. Tenez, accrochez ça à votre veste avant que je ne regrette mon geste. »

Il lui tend un badge avec l'emblème du Vatican imprimé en relief, son nom et la mention « Visitatore ». La Californienne l'attache sur sa veste, essuie du bout des doigts le coin de ses yeux et emboîte le pas au père Manzini qui l'invite à le suivre.

« Ça va aller ? Vous pouvez marcher ?
— Je pense que oui.
— Que vous arrive-t-il donc ?
— C'est une longue histoire. Je vous raconterai. Mais je vous promets que je n'ai rien fait de mal.
— Je vous fais confiance. »

Ils passent un portique avec une large verrière et, à mesure qu'ils marchent, Trinity retrouve son souffle ainsi qu'un peu de sérénité. Le prêtre l'entraîne dans des couloirs vides et silencieux.

Pas un bruit.

Le contraste avec sa course folle dans les rues italiennes est saisissant. La tension dans les muscles de la Californienne se relâche.

Le père Manzini ouvre une porte qui débouche sur une imposante cour au centre de laquelle se trouve un jardin tracé au carré. Sur la gauche, la Californienne découvre une énorme pomme de pin en bronze encadrée par deux paons et logée dans une immense niche. En dessous, se trouve une fontaine.

Malgré toutes les émotions qu'elle vient de vivre, elle ne peut s'empêcher de s'étonner.

« Au Vatican, on idolâtre aussi la nature ?
— Non, nous n'en sommes pas encore là. »

Il sourit, jaugeant sa surprise.

« Alors que fait cette pomme de pin géante en plein milieu du Vatican ?
— Aussi étonnant que cela puisse paraître, ce petit chef d'œuvre date de l'époque romaine. Il se trouvait au niveau du panthéon.
— Si je comprends bien, le Saint-Siège recycle ? Comme l'obélisque égyptien au milieu de la place Saint-Pierre ?
— Exact, mais nous ne sommes pas coupables. Tout le monde le faisait avant, cela paraissait normal. À commencer par les Français qui ont pillé l'Égypte et les Anglais qui se sont bien servis en Grèce. »

Fatiguée, Trinity a du mal à suivre la leçon d'histoire donnée par le prêtre. Elle a surtout envie de dormir et de trouver un moyen de se débarrasser de ce traqueur invisible.

Par politesse, parce qu'il l'a sauvée, elle fait un effort. Il poursuit.

« Et puis, cet obélisque dont vous parlez a été ramené par l'empereur Caligula, il y a deux mille ans. Alors il y a prescription, je crois. Heureusement, depuis, les mentalités ont évolué. On ne fait plus son marché parmi les trésors d'autres pays. »

Ils marchent le long des plates-bandes traversant le jardin dans toute sa longueur.

Trinity s'arrête d'un coup.

« Vous faites dans les extrêmes au niveau décoration ? »

Le père Manzini éclate de rire sans s'arrêter.

« J'attendais votre réaction. »

Au centre du jardin trône une sphère en métal sculpté.

« Elle mesure environ quatre mètres de diamètre, exactement comme la hauteur de la pomme de pin là-bas. Mais elle est toute récente, et c'est l'œuvre d'un artiste italien, Pomodoro.
— Comme la méthode ?
— Pardon ? »

Trinity ne répond pas et fait lentement le tour de cette boule géante dont une partie a été savamment déchiquetée. Elle ressemble à une planète qui aurait été éventrée de l'intérieur. Dedans, on aperçoit une autre sphère, elle-même fissurée.

« C'est censé représenter quoi ? La fin du monde ?
— On ne connaît pas la vision de l'artiste mais Arnaldo Pomodoro est célèbre pour ses sphères en bronze. Il y en a un peu partout dans le monde : à New-York, à San Francisco, au Japon et même en Iran. Tiens, vous allez sourire, il y en aussi une à Dublin... au Trinity College ! »

Elle sourit malgré elle. L'humour du père Manzini lui fait du bien.

Il continue à marcher et elle le rattrape.

« Vous m'emmenez où ?
— Dans le seul endroit au Vatican où une jolie femme, non religieuse, puisse dîner. »

Trinity regarde autour d'elle.

« Elle est immense, cette cour.
— Il Cortile della Pigna ? Il était bien plus grand avant. On le doit à Bramante, un architecte qui a influencé le style des cours et jardins de toute l'Europe. »

L'Américaine n'écoute plus que d'une oreille distraite. Son état d'épuisement ne lui permet plus de prêter attention aux tirades du père Manzini. Il semble d'ailleurs prendre grand plaisir à jouer au guide.

Ils pénètrent dans le bâtiment qui leur fait face. L'ecclésiastique ouvre et ferme d'autres portes. Les deux croisent quelques gardes en uniforme et finissent par sortir des sombres couloirs. Ils se retrouvent de nouveau à l'extérieur, dans un cadre champêtre.

Trinity marque un nouveau temps d'arrêt.

« C'est la campagne en plein Rome ?
— Si vous voulez. Les jardins du Vatican composent plus de la moitié de la surface du Saint-Siège.
— Et pourquoi passons-nous par ici ?
— Parce qu'à cette heure-ci de nombreux accès sont déjà fermés. Nous allons effectuer un petit crochet pour rejoindre la Domus Sanctæ Marthæ où nous dînerons. »

Ils marchent d'un pas rapide dans les allées bordées de pelouses et d'arbres.

« La domus quelque chose, c'est un restaurant ?

— Oui et hôtel aussi, pour tous les visiteurs du Vatican, en général des ecclésiastiques. En ce moment, il se prépare un synode d'archevêques. »

Il vient une idée à Trinity.

« Vous permettez ? »

Et sans attendre la réponse du jésuite, elle stoppe, s'agenouille au bord du chemin et ouvre son sac. Le père Manzini revient sur ses pas, ne comprenant pas.

Elle sort la boîte en plexiglas, fait coulisser le couvercle et saisit délicatement Speedy entre ses doigts.

« Mon meilleur ami, souffle-t-elle en le montrant au jésuite qui hausse les sourcils. Mon confident, au-delà des frontières et du temps... »
Elle dépose l'Euxina dans l'herbe.

Les petites antennes s'agitent immédiatement. Après toutes ces interminables secousses qui lui ont donné mal au cœur, Speedy a déjà compris où il se trouve. Alors, il ne veut pas perdre une seconde pour faire des provisions de senteurs savoureuses et de molécules légères. Il s'élance, sans peur, entre deux touffes d'herbes, suivi du regard par les deux géants à ses côtés.

« C'est amusant que vous ayez un escargot. Il vous suit partout ?
— Oui. Nous avons récemment été séparés mais nous venons de nous retrouver. »

L'image de Shunichi lui vient en tête. Trinity, étonnée, la repousse dans un recoin de son esprit. Le père Manzini se penche en avant, main sur les genoux, pour observer le gastéropode.

« Vous en parlez comme si vous aviez un lien spécial avec lui.
— Exactement. Vous diriez sans doute que je suis à exorciser mais en fait, c'est plus une sorte de connexion... spirituelle, pour utiliser vos mots. En tout cas, c'est désarçonnant.
— Que voulez-vous dire ?... »

La Californienne n'a pas envie de s'étendre sur ce sujet. Comment expliquer toutes ces communications quasi irréelles ?

Une voix s'élève derrière eux.

« Che cosa state guardando ? »

Le père Manzini se retourne et pâlit en reconnaissant l'homme qui vient de parler.

Trinity reste figée, les mains dans l'herbe, yeux ronds et bouche ouverte.

Fatigue oubliée.

25

QUELQUE PEU voûté, les mains jointes dans le dos, vêtu d'une soutane blanche et coiffé d'une calotte de couleur identique, il semble les observer depuis un moment. À ses côtés se tient un religieux beaucoup plus jeune, portant lui une soutane noire.

Le père Manzini se ressaisit et prend la main droite du pontife pour baiser son anneau.

La Californienne se redresse lentement, oubliant sa fatigue, écoutant sans comprendre la conversation qui s'engage en italien, entre les deux hommes d'église.

Le jésuite est visiblement nerveux et c'est bien la première fois qu'elle le voit comme cela. Il a dû risquer gros en l'introduisant au Saint-Siège et voilà qu'il se retrouve devant son chef spirituel en train de devoir expliquer ce qu'il fait ici avec une jeune femme, à genoux dans la pelouse.

Le pape interrompt la conversation et se tourne vers Trinity.

« Vous êtes américaine ?
— Oui Monsieur... pardon, votre...
— Votre Sainteté », souffle le père Manzini.

Le Saint-Père fait un geste pour calmer le jésuite.

« Et qu'y a-t-il de si intéressant dans l'herbe ? »

Trinity jette un coup d'œil au père Manzini. Le souverain pontife s'avance et observe la pelouse, n'y distinguant rien de particulier.

« J'ai... j'ai un escargot. »

Le pape ne peut cacher sa surprise, puis amusé, sourit.

« Je peux le voir ?
— Oui... »

Trinity, à nouveau à quatre pattes, rattrape et se saisit de l'Euxina qui glissait sur l'herbe, tout à sa joie de pouvoir gambader dans la sainte nature vaticane. Elle se met debout, tend sa main, paume ouverte, avec un Speedy agitant les antennes en tous sens, mécontent d'avoir été arraché à son petit paradis.

Le souverain pontife se penche et examine le gastéropode.

« Quelle jolie petite bête !
— Votre Sainteté, c'est bien plus que ça ! »

Un instant décontenancé par la réponse énergique de Trinity, le Saint-Père sourit à nouveau. Il avance un doigt pour toucher la coquille allongée. Speedy, pape ou pas, se méfie et se réfugie dans sa maison. Ne sentant pas de phéromones agressives, il en ressort petit à petit.

« Le revoilà...
— Oui, il a senti que vous ne lui vouliez aucun mal.
— Parce que vous croyez que je pourrais ?...
— Non, mais lui ne le sait pas. Il vous teste par vos phéromones et ensuite, s'il est rassuré, se laisse caresser. Il n'y a pas d'amour inconditionnel chez les escargots.
— Trinity ! » intervient le père Manzini.

Le pape fait un autre geste vers le jésuite.

« Laissez, Manzini. Je vous comprends, Mademoiselle. Pourtant, je suis certain que ce petit être vous aime avec vos qualités et vos défauts. »

Il incline légèrement la tête sur le côté. Son regard inquisiteur examine Trinity. Cette dernière bat des paupières, confuse. C'est vrai que Speedy lui a pardonné beaucoup depuis qu'elle le connaît.

« Sommes-nous... à sa hauteur ? » ajoute le pontife, d'une voix plus douce.

L'image de sa mère jaillit devant les yeux de Trinity. Elle a envie de dire au Saint-Père que non, tout le monde n'accepte pas les défauts des autres. Les mots du chef de la chrétienté résonnent à ses oreilles. Et elle-même ? Est-elle à la hauteur ? Pardonne-t-elle les défauts de sa mère ?...

Son visage doit exprimer ses questionnements car le Saint-Père s'approche un peu plus.

« Il s'agit d'un travail qui nous prend toute une vie alors que votre petit escargot, lui, l'a déjà assimilé. »
Il observe encore quelques instants le gastéropode, semblant se remémorer quelque souvenir enfoui dans son passé.
« Béni soit-il. »

Il fait un signe de croix au-dessus d'un Speedy immobile. Aussitôt, le père Manzini et le prêtre en soutane noire se signent.

« Manzini, vous devriez lui montrer l'escalier de Bramante. »

Le prêtre en soutane noire s'approche et souffle un mot à son oreille. Le Saint-Père lève les bras.

« Ah ! Mon secrétaire me signale que ma promenade doit se terminer. »

Il les salue et repart aussitôt d'un pas plus vif que Trinity n'aurait pu le penser, toujours flanqué du prêtre à la soutane noire. Quelques instants plus tard, apparaissent deux gardes qui suivent le pontife à distance. Elle sent que le père Manzini se relâche.

Ils sont à nouveau seuls.

On pourrait même croire qu'il n'y a pas eu de rencontre, qu'elle l'a rêvée, tellement cela s'est déroulé vite. Speedy, lui, aussi tranquille qu'à son habitude, explore les différents replis de la paume de sa maîtresse. Il aimerait bien retourner dans l'herbe mais il sent que cela ne va pas être possible.

« Désolée de lui avoir parlé sur ce ton.
— J'avoue que j'ai eu quelques frayeurs. Nous n'aurions pas dû le rencontrer. Je connais son planning et Sa Sainteté est en retard, elle aurait déjà dû partir pour une visite à l'étranger. Je suppose qu'elle n'a pas pu résister à une dernière promenade. »

Le jésuite hésite avant de reprendre.

« Vous savez que je vous trouve un peu différente par rapport à Orta ? »

Trinity hoche la tête.

« Je ne sais plus moi-même qui je suis en ce moment. »
Elle soupire.
« Et cet escalier de Bramante ?
— D'où nous sommes venus, dans le palais du Belvédère, il existe un escalier en colimaçon signé par Bramante, l'architecte dont je vous ai déjà parlé. Ce chef d'œuvre du XVIe siècle était surnommé lumaca, l'escargot. Il permettait au pape de rejoindre discrètement ses appartements et ceci, selon la légende, à cheval, pour ne pas se fatiguer.

— Oui, eh bien je verrai ça un autre jour, d'accord ? Je suis épuisée, moi.
— Je préfère aussi. Allons-y. »

Trinity remet un Speedy peu coopératif dans sa boîte de plexiglas et range cette dernière dans son sac à dos.

Le gastéropode bougonne.

On ne lui a laissé que quelques minutes de liberté ! Avant que n'arrive cet autre géant aux phéromones quelque peu torturées. Mais ce qu'il a beaucoup moins apprécié, c'est l'autre, celui qui était avec lui. Plutôt jeunes, ses senteurs viriles indiquaient un être calculateur et manipulateur. Heureusement qu'il n'a rien à voir avec sa maîtresse, autrement Speedy aurait encore dû agir.

N'empêche, quand va-t-on enfin pouvoir se reposer et reprendre une vie plus posée ? Une vie d'un dilettantisme tout gastéropodien comme il les aime ? Une existence normale, quoi, comme la chérissent tous les êtres vivants et vibrants autour de lui !

Sauf bien sûr les géants qui eux s'échinent à galoper vers leur fin.

Oui, quand fera-t-on une pause ?

Par le fil des multiples vibrations subtiles qui résonnent en lui, le gastéropode sait déjà qu'on en est loin et que la situation va même empirer.

26

TRINITY arrête le père Manzini par le bras.

« Si le pape vous avait demandé ce que je faisais ici à cette heure tardive, qu'est-ce que vous auriez dit ? Auriez-vous menti pour vous éviter des ennuis ? »

Il repart sans répondre. Elle le suit. Ils laissent sur leur droite de jolis jardins avec des arbustes en forme d'arche.

Elle le rattrape. Il parle sans même la regarder.

« Je suppose que vous ne savez pas ce qu'est la casuistique ?
— Aucune idée.
— C'est une doctrine chère aux jésuites et qui nous a été trop souvent reprochée. Pour simplifier, on pourrait la

résumer grossièrement en cette phrase : la fin justifie les moyens.
— Carrément !
— J'ai dit grossièrement. La casuistique est bien plus précise que cela mais elle a permis par exemple de justifier l'Inquisition.
— C'est du joli.
— Ne jugez pas aussi facilement. Il faut vous replacer dans le contexte de l'époque. Vous même, je suis certain que vous l'utilisez quand cela vous arrange, n'est-ce pas ? D'ailleurs, comment avez-vous réussi à me convaincre de vous laisser entrer ici ?
— J'étais vraiment en danger !
— Même si je vous fais confiance, ces hommes avaient-ils une raison valable de vouloir vous attraper ? Ils ne ressemblaient pas à des bandits, plus à des policiers. Vous voyez ce que je veux dire maintenant ?
— Mais pourquoi me parlez-vous de cette casuistique ?
— Pour répondre à votre question. J'aurais utilisé la casuistique pour justifier votre présence auprès du Saint-Père. »

Trinity s'arrête.

« C'est quand même pratique cette histoire de casuistique.
— Je le reconnais.
— Ça ne vous gêne pas ?
— Non, cela fait partie de notre doctrine à nous, jésuites. Notre liberté de pensée nous permet d'envisager toutes les possibilités dans une situation donnée et de choisir, au cas par cas, celle qui est en accord avec notre conscience.
— C'est très risqué votre système !
— D'ailleurs, la casuistique implique le probabilisme.

— Désolée mais vous m'épuisez avec vos leçons de philosophie. »

Le père Manzini s'arrête brusquement.

« Si vous voulez comprendre, vous devez faire un effort. C'est comme tout, dans la vie. »

Trinity hoche la tête, peu convaincue.

« Le probabilisme, pour nous, c'est dire qu'une action probable est considérée comme autorisée tout simplement parce qu'elle est possible.
— On n'est pas loin des probabilités du Forex !
— Pardon ? »

La Californienne sourit.

« À moi de vous éduquer. Dans mon métier, sur le marché des devises, on utilise beaucoup d'algorithmes qui tentent de définir les tendances à venir. C'est un gros travail sur des probabilités que nous mettons sous forme d'équations.
— Et alors ?
— Je trouve amusant que vous, homme de spiritualité, utilisiez le probable dans votre doctrine, ce qui est exactement ce que nous faisons, nous les terre à terre, les cartésiens des marchés financiers.
— Nous voilà revenus au paradoxe EPR ! »

Trinity fronce les sourcils.

« Vous vouliez m'en parler à Orta. Pourquoi ?

— Parce que c'est exactement ce dont nous discutons maintenant. De probabilités et de certitudes dans la vie et comment cela modèle tout sur Terre.
— Et alors ?
— Assez de concepts compliqués pour aujourd'hui peut-être ?
— Oui, je ne crois pas que je pourrais suivre.
— Je vous expliquerai probablement plus tard. »

Le père Manzini accélère le pas, tout heureux de son trait d'humour.

Trinity le suit sans sourire.

Elle le sait, elle le sent, elle l'a vu. L'univers des probables est un monde où justement la plupart des choses auxquelles on pense ne se réalisent pas. Elles sont juste possibles, dans notre imaginaire.

C'est d'ailleurs la grande plaie de l'humanité qui s'est habituée à cette idée.

Imaginer n'est pas réaliser.

Pourtant, dans l'univers des probabilités, tout est effectivement possible !

Alors, qu'est-ce qui pourrait pousser le probable que l'on désire tant à devenir notre réalité ?

Sa tête lui fait mal. Trinity masse ses tempes.

Qu'est-ce qui pourrait le provoquer ?

Instinctivement, un mot résonne en elle.

Peur !

27

« QU'EST-CE QUI vous est arrivé Trinity ?
— Je vous l'ai dit. C'est une longue histoire... »

Le père Manzini et son invitée poursuivent leur repas dans l'austère salle à manger de la Domus.

« Je vous posais plus la question par rapport à la panique qu'on lisait sur votre visage, lorsqu'on vous a ouvert. Cela m'a fait mal. Une jeune femme comme vous, avec une belle carrière et toutes les perspectives qui s'ouvrent sur son chemin... Cela ne collait pas avec la frayeur dans votre regard.
— En parler ne changera rien...
— Je suppose que vous ne voulez pas repartir après le dîner ? Vous désirez dormir ici, ce soir ?
— Oui... C'est possible ?

— Je vais arranger cela. Si vous ne voulez pas m'en dire plus sur votre situation, je comprends aussi. Mais si vous voulez parler, je suis là. »

Elle réfléchit quelques secondes et puis doucement, par bribes, commence à raconter son histoire depuis le début. Elle a besoin de se confier. Alors elle revisite, de façon pudique, sa rencontre avec Paul Davenport, l'absorption des pilules et la soirée avec Gianmarco. Elle omet certains passages, notamment ceux qui concernent la nonna.

Le jésuite l'écoute tout en mangeant, absorbé par son récit. Il hausse parfois les sourcils mais ne l'interrompt pas. Lorsqu'elle en a fini, il essuie sa bouche avec sa serviette et boit une gorgée de vin.

« Trinity, tout cela est tellement incroyable. On dirait un roman.
— C'est pourtant la vérité. Heureusement que vous étiez là. Vous l'avez vu vous-même, ils m'ont poursuivie jusqu'à votre porte. »

Le père Manzini approuve de la tête.

« Mangez, il vous faut récupérer des forces après votre course folle dans Rome. »
Il boit une autre gorgée de vin.
« Et votre escargot, votre Speedy, il a peut-être faim, aussi ? »

Trinity se rend compte que le pauvre Euxina n'a pas eu le temps de vraiment récupérer lors de sa courte pause dans l'herbe.

« Oh, mon Dieu ! » dit-elle, en attrapant son sac à dos et en ouvrant la fermeture éclair.
Elle en sort la boîte en plexiglas. L'ecclésiastique rit face à son interjection.
« Tiens, vous avez dit Mon Dieu... Vous avez remarqué ?
— Oui, je ne dis jamais ça...
— C'est l'effet Vatican qui vous tombe dessus, comme le Saint-Esprit. »

Trinity ne sait pas s'il plaisante. Elle fait glisser le couvercle de la boîte et sort l'Euxina qui, porte fermée, était reparti pour une nouvelle sieste.

« Je vous présente, officiellement cette fois-ci, Speedy », dit-elle en posant la coquille sur la nappe blanche.
Le prêtre se penche en avant.

« Il a l'air encore plus minuscule que tout à l'heure...
— Oui, il fait partie d'une famille de petite taille, dotée d'une coquille étirée.
— Je ne vois pas l'ouverture.
— Il possède une porte, un clausilium, ce qui est très rare chez les escargots. Pour l'instant il est fermé. Comme c'est le soir et qu'il va se sentir plus en sécurité, il va sortir. De toute façon, vous allez voir, lui, il n'est pas peureux pour un sou. »

Effectivement, quelques instants plus tard, le clausilium s'ouvre lentement et deux minuscules antennes font leur apparition, prudentes, humant les alentours. Confiant face aux phéromones qu'il recueille, Speedy n'hésite pas et se lance dans une promenade pour se dégourdir le pied.

Trinity prend son assiette à pain et y dépose de la salade. Elle se saisit avec douceur du gastéropode et le pose face à la feuille verte. La réaction est rapide. Speedy, sans hésitation, affamé, attaque la salade à grands coups de radula.

« Il ne perd pas le nord votre escargot !
— Non, il est très pragmatique. En plus... Je vous l'ai dit, comment l'expliquer... Il m'aide beaucoup.
— Pardon ? »

Trinity rougit et va pour répondre lorsqu'un homme, qui passait à côté de leur table, s'arrête d'un coup et se penche vers l'escargot, tout en déversant un torrent de paroles en italien.

« Ma è una lumaca ! Cosa ci fa qui ? »

Vêtu d'une soutane noire avec des boutons rouges, il est petit, courbé sous le poids de l'âge, le visage ridé et porte une paire de lunettes d'écaille. Sa calotte rouge a du mal à contenir une touffe de cheveux blancs courts et drus. Il tient un cartable noir qui paraît bien lourd pour lui.

28

Le père Manzini ne peut s'empêcher de rire en découvrant l'ecclésiastique, auquel il s'adresse avec une lueur dans le regard.

« Elle ne parle pas italien ! Seulement l'anglais.
— Ah sì ? »
L'inconnu se tourne vers elle.
« Je suis étonné de voir un Euxina Circumdata ici !
— Mon père, moi je suis surprise que vous connaissiez le nom scientifique de Speedy ! »

Manzini, toujours amusé, se retourne vers Trinity et fronce un peu les sourcils.

« Pour vous adresser au cardinal Rattalino vous devez dire Éminence... »

« Vous savez que les Euxina Circumdata sont d'incroyables petits escargots qui ne font rien comme les autres membres de leur famille ? Leur coquille s'enroule à l'opposé de tous les autres gastéropodes et fait surprenant, ils possèdent une porte...
— Un clausilium ? coupe le père Manzini.
— Vous savez ça, vous ?
— Je viens de l'apprendre ! Si votre Éminence m'y autorise, permettez-moi de vous présenter Trinity Silverman, citoyenne américaine et heureuse propriétaire de cet Euxina.
— Trinity ? Trinita ! Quel joli prénom ! »

La Californienne ne réagit plus depuis longtemps face aux remarques sur son prénom biblique. Elle se contente de saluer le cardinal d'un mouvement de tête. Ce dernier pose une main sur une des chaises.

« Vous permettez ? »

Le jésuite hoche la tête.

« C'est un plaisir de vous accueillir à notre table.
— Arrêtez de me cirer les pompes Manzini ! Je suis sûr que vous auriez préféré rester en tête à tête avec cette jeune beauté... »
Il part d'un grand rire qui se transforme en quinte de toux pendant quelques secondes.
« Ce n'est pas tous les jours que nous avons une présence aussi éblouissante au restaurant de la Domus ! Ça nous change des nonnes du couvent Mater Ecclesiæ !
— Monseigneur ! »

Le cardinal fait un geste dédaigneux de la main et observe Trinity de ses petits yeux brillants.

« C'est la première fois que je vois une belle femme dîner à la Domus. Par quel miracle vous êtes-vous égarée ici ?
— Je... Enfin nous...
— Nous nous sommes rencontrés par hasard il y a quelques jours, à Orta, pendant que je rendais visite à la communauté franciscaine du Sacro Monte.
— Ah bon ? C'est donc une relation qui dure ? Petit cachottier ! »

Le cardinal, malgré son âge, donne une forte tape dans le dos du père Manzini qui ne sait plus où se mettre. Rattalino repart d'un rire de gorge suivi d'une nouvelle quinte de toux.

« Faites attention, jeune Trinita, cet homme est un prêtre progressiste !
— Votre Éminence, s'il vous plaît, un peu de sérieux.
— Sérieux ? Manzini, vous le savez, nous passons notre temps à être sérieux ici ! »

Il s'interrompt un instant, perdu dans ses pensées et puis frappe de la main sur la table.

« Je boirais bien un petit remontant ! Il faut fêter le miracle de votre venue, une vraie apparition ! »

Trinity se tourne vers le père Manzini, surprise. Il hausse les épaules.

« Eh oui, on boit aussi de l'alcool fort ici.

— Manquerait plus qu'on me l'interdise, tiens ! » ajoute le cardinal en tapant à nouveau du plat de la main sur la table.
Trinity note qu'il porte une énorme chevalière sur laquelle sont gravées deux lettres. Un « V »surmontant un autre « V » à l'envers, les deux se touchant par la pointe.
« Ils n'en servent pas ici mais le supermarché du Vatican est bien achalandé. »

Rattalino se penche vers son cartable, qu'il a posé à ses pieds. Il en sort sans hésitation une bouteille avec une étiquette blanche et brune. Il la pose sur la table sous le regard réprobateur du père Manzini. Le Monsignore hèle un serveur pour lui demander trois verres.

Ce dernier, sans marquer le moindre embarras, revient quelques secondes plus tard les poser sur la table, avec un seau à glace. Il semble que les habitudes du cardinal soient bien connues.

« Monseigneur, vous pensez que...
— Ça suffit Manzini, il faut fêter la venue de Trinita et puis, j'ai la gorge desséchée. »

Malgré les soupirs du père Manzini, Rattalino ouvre sa bouteille et verse un peu de liquide ambré dans chaque verre.

« Je ne supporte pas trop l'alcool votre Éminence.
— Une jeune femme comme vous ? Allons, vous me paraissez bien pâle et cela va vous requinquer.
— C'est quoi ?
— Du whisky, ma chère, et du bon ! »

Devant la réaction stupéfaite de Trinity, le cardinal enchaîne un nouveau rire suivi d'une énième quinte de toux. Il dépose un glaçon dans chaque verre tout en poursuivant la conversation.

« Ce n'est pas un alcool que vous allez boire mais bien un remède de Dieu !
— Comment ça ?...
— Ce sont les moines irlandais qui ont développé cet élixir qu'ils appelaient aqua vitae en latin, ce qui signifie eau de vie. Ils s'en servaient pour bon nombre de soins. »

Le père Manzini, qui a dû entendre ce discours maintes fois, soupire encore avant de prendre la parole.

« Son Éminence est persuadée des soi-disant bienfaits de l'aqua vitae... et pratique son culte avec dévotion. Elle est sans doute la dernière dans le monde d'aujourd'hui.
— Arrêtez, Manzini, regardez comment je me porte. Une petite rasade quotidienne entretient la santé, c'est tout ! »
Il se tourne vers Trinity.
« Et en plus, je fume des cigares ! Donc j'ai tous les vices. Selon les puritains qui hantent ces couloirs, j'ai fait un pacte avec le diable. »
Il décoche un regard de côté vers le jésuite qui ne réagit pas. Il pousse ensuite les verres vers ses interlocuteurs.
« Allez, goûtez-moi ça ! Un Glenmorangie Quinta Ruban, douze ans d'âge, un pur bonheur...
— Ce que son Éminence omet de préciser, ce sont tous les problèmes qu'elle a rencontrés par le passé avec les livraisons de ses caisses de whisky en provenance d'Écosse. »

Le cardinal, irrité, écarte les bras en signe d'impuissance.

« Que voulez-vous que j'y fasse ? J'ai une passion pour le scotch, je collectionne les bonnes bouteilles, qu'y a-t-il de mal à cela ? Il faut bien un peu apprécier la vie que Dieu nous a donnée, non ?
— N'empêche que cela a fini par remonter aux oreilles de Sa Sainteté... Vous vous rappelez de l'affaire Dalmore ? »

Ludovico Rattalino soupire et se signe avant de se prendre la tête à deux mains.

« Ah, ne me rappelez pas cette histoire malheureuse, trinquons plutôt ! »

Pendant que l'Américaine hésite à se saisir de son verre, le cardinal, d'un geste assuré, attrape le sien et le lève.

« À l'ange qui est venu illuminer notre soirée et à celui qui l'a amené ici », dit-il en se tournant d'abord en direction de Trinity et ensuite vers le père Manzini.
D'un geste sûr, il porte le breuvage à ses lèvres et l'engloutit d'un coup. On s'attend à ce qu'il fasse claquer sa langue ou à le voir cracher par terre. Mais non, il repose lentement son verre, apaisé.

Le père Manzini saisit le sien et goûte au whisky en faisant une grimace. Cela ne rassure pas Trinity. Rattalino grogne.

« Allez-y, ma fille, vous avez ma bénédiction. Ce Glenmorangie, chaque année, comme tout bon whisky, perd un degré d'alcool qui s'évapore. On appelle cela la part des anges. La vôtre donc... »

Il sourit, heureux, les yeux pétillants. La Californienne porte le verre à ses lèvres, avale une petite gorgée et immédiatement sent la brûlure du liquide qui dégringole dans son œsophage. Elle ouvre grand la bouche à la recherche d'oxygène mais le feu est trop fort pour qu'elle puisse bien respirer.

Elle tousse et, toute rouge, se prend la gorge à deux mains.

Le cardinal Rattalino, un peu déçu, se penche vers le jésuite.

« Je croyais les Américains plus costauds au niveau whisky. Ils ont pourtant d'excellents bourbons... »

29

Le père Manzini ouvre la porte.

Trinity est toujours sous le coup du verre de Glenmorangie.

Le sourire accroché à ses lèvres par l'alcool tombe quand elle découvre sa chambre.

Elle, si habituée aux suites confortables des chaînes hôtelières internationales, ne peut s'empêcher d'hésiter sur le seuil. Si le lobby de la Domus Sanctæ Marthæ paraissait prometteur avec son sol en marbre gris et noir lustré, il en va tout autrement de sa chambre.

Le mot spartiate est le premier qui vient à son esprit embrumé par l'alcool. Une pièce étroite avec un lit simple en bois foncé sous un grand crucifix et une table de chevet, elle aussi en bois. Au pied du lit, une petite table, deux chaises à dossier matelassé de style ancien et une commode complètent le mobilier.

« Un problème, Trinity ?
— Non, aucun, juste que...
— Cela vous change de votre quotidien ? À la Domus, tout le monde, cardinaux comme simple servants, est traité de la même façon, dans la simplicité et l'humilité. Vous l'avez déjà remarqué au restaurant.
— Oui, ne vous inquiétez pas, je vous suis déjà extrêmement reconnaissante de tout ce que vous faites pour moi. Vous risquez votre réputation en me protégeant... »

Le jésuite fait un geste de dénégation.

« Aider son prochain, c'est tout ce qui compte. »
Toujours à la porte, il hésite, jette un œil dans le couloir puis se retourne vers la Californienne.
« Je dois vous expliquer quelque chose. Vous permettez ?
— Bien sûr, mon père. »

Il referme la porte derrière lui et d'un geste, indique les deux chaises.

« Asseyons-nous. Je voulais vous en parler au restaurant mais l'irruption du cardinal Rattalino m'en a empêché. Je vous l'ai dit, il y a un synode qui commence après-demain et il va réunir de nombreux archevêques venus du monde entier. Autant dire que la Domus sera complète et que toutes les chambres sont réservées depuis longtemps. Voilà, je ne peux pas vous garder ici demain. Mais après ce que j'ai vu tout à l'heure à la porte des musées... Je ne sais pas quoi faire. »

Trinity dégrise rapidement à la perspective de se retrouver dehors, dès le lendemain. Elle essaie de réfléchir, vite. Pour l'instant, elle est protégée par l'enceinte du Vatican mais, à sa sortie, Jeffrey et sa bande vont lui mettre la main dessus. Il faut qu'elle trouve une solution.

« Et vous, mon père, vous êtes libre demain ?
— Non, désolé, j'ai énormément de travail. Je peux demander à une des voitures de service de vous déposer quelque part.
— Cela ne servira à rien.
— Pourquoi ? »

Trinity rentre plus en détail dans ses explications. Elle fait mention du traqueur qui permet aux autres de connaître tous ses mouvements.

« Cela veut dire qu'ils savent que vous êtes ici en ce moment ? »

Elle hoche la tête.

« Ils savent sans doute même à quel étage et dans quelle chambre je suis. Ils ont un outil d'une redoutable précision. Je n'ai jamais vu ça.
— C'est normal s'ils font partie des services secrets. Ils doivent toujours avoir une technologie d'avance sur le grand public. »

L'Américaine regarde le jésuite droit dans les yeux.

« J'ai bien une idée mais cela risque d'être difficile...

— Allez-y Trinity. Si on peut vous débarrasser de ce mouchard.
— J'ai passé au peigne fin toutes mes affaires. Rien. Cela signifie que le traqueur doit être minuscule, presque invisible à l'œil nu. Pourtant, il doit bien avoir une partie en métal, pour émettre un signal.
— Vous voulez passer sous un détecteur de métaux ?
— Non, je ne crois pas qu'ils soient assez puissants. Une radio, par contre... »

Le père Manzini hausse les sourcils.

« Les rayons X ?
— Exactement !
— Pourquoi pas, on peut essayer. Je vais tenter d'obtenir un rendez-vous à l'hôpital Gemelli demain, dans la journée. C'est risqué de sortir mais si on trouve ce traqueur en passant vos affaires aux rayons X, vous deviendrez du coup invisible pour vos ennemis. »

Ce dernier mot fait rêver Trinity. Être invisible. Ne plus se savoir suivie. Ne plus courir. Rester immobile. Sereine. Écouter les battements de son...

Elle reprend, d'une voix presque timide.

« Que vous dit votre cœur en ce moment ? »

Le père Manzini sourit, se rappelant leur conversation à Orta.

« Comme je vous l'avais expliqué, mon cœur me guide et m'indique le chemin à suivre. Si vous êtes ici cette nuit, c'est parce que je sais, grâce à lui, que c'est la chose que je dois faire. Vous êtes une personne estimable, Trinity. Je le sais depuis le moment où je vous ai rencontrée, tout là-haut, sur la colline face au lac d'Orta. Vous avez sans doute mis le doigt dans un engrenage qui vous dépasse. Alors, vous avez besoin de tous les coups de main possibles pour vous soutenir. Je fais ma petite part de travail, comme d'autres, pour vous aider. »

La Californienne décroise ses bras et ouvre sa veste spencer, plus détendue. Elle lève les yeux.

« Vous pensez toujours ce que vous m'avez dit là-bas ?
— Quoi donc ?
— Que j'avais eu raison de venir à Orta. Vous aviez suggéré que ce n'était pas une erreur... sans pourtant connaître les détails de mon histoire. Maintenant, vous savez tout. Votre avis est-il le même ? »

Le jésuite n'hésite pas.

« Bien entendu ! Il faut écouter son cœur, Trinity. La foi intérieure dont je vous avais parlé, c'est cela. On ne peut connaître tous les tenants et les aboutissants avant de prendre une décision. Sinon, à force d'attendre, d'analyser, d'hésiter, nous n'avancerions jamais. C'est malheureusement ce qui se produit pour une majorité de personnes. La peur de commettre une erreur bloque.
— Oui, j'en sais quelque chose.
— Voyez, vous êtes venue en Italie. Le regrettez-vous ?
— Je...
— Imaginez qu'au lieu de venir ici vous soyez retournée chez vous, retrouvant votre vie quotidienne. »

Trinity se voit derrière son ordinateur, examinant les cours du Forex dans sa maison, à San Diego. Cette fille-là, ce n'est plus elle. Ses aventures italiennes l'ont changée... pour toujours.

Le père Manzini sourit.

« Vous voyez ce que je veux dire ? Vos expériences, heureuses ou difficiles, vous enrichissent. Dans vingt ou trente ans, tout cela vous paraîtra futile. »

Il s'interrompt, cherchant ses mots, avant de reprendre.

« La page d'une vie se tourne prodigieusement vite alors qu'il n'est pas possible de revenir en arrière pour y réécrire ne serait-ce qu'une ligne. L'existence nous offre des opportunités, des rencontres, à des carrefours clés de notre voyage terrestre. À nous, à vous, de les saisir. L'issue n'a vraiment aucune importance.
— Vous croyez ?
— Une vie, c'est bien une page... Une page extraite du livre de l'humanité. Elle devrait toujours être écrite avec l'encre de son cœur. »

30

MALGRÉ l'heure tardive, Trinity prend plaisir à bavarder avec le père Manzini. Elle tombe de sommeil mais apprécie la compagnie de l'ecclésiastique. Il lui apporte une distraction bienfaisante. Il a le don d'exprimer les choses de façon simple et de la rassurer.

« Le but de l'existence, c'est d'arriver à la fin sans regrets.
— Ce n'est pas égoïste de dire ça ? »

Il sourit.

« Au contraire. Plus il y a de frustrations dans son existence et moins on aidera sincèrement son prochain. Une personne bien dans sa peau sera plus à même d'apporter aux autres.

— On est loin des sacrifices prônés par l'église catholique...
— Tout cela est révolu, Trinity. Ce sont des façons de voir d'une autre époque, où les âmes étaient moins ouvertes et les lendemains incertains. Cela dit, il faut toujours savoir se sacrifier un peu pour obtenir ce que l'on désire plus tard. »

La Californienne rit de bon cœur.

« Vous savez que vous auriez un grand succès chez moi ? C'est un discours qui est très apprécié aux États-Unis.
— Je ne viendrai pas car j'ai bien trop à faire ici pour convaincre mes collègues de plus s'ouvrir au monde moderne !
— Et le cardinal Rattalino ? Vous avez l'air de bien vous connaître tous les deux ?
— Son Éminence m'a mis le pied à l'étrier lorsque je suis arrivé au Vatican pour étudier à l'université pontificale grégorienne. Je n'étais qu'un jeune prêtre fougueux et plein d'idéaux et lui connaissait parfaitement les rouages du Saint-Siège. Il m'a pris sous son aile et cela fait plus de trente ans que nous nous côtoyons...
— Tout ce temps ? Mais qu'est-ce qu'il fait ici ? Je croyais que les cardinaux étaient rattachés à un lieu.
— Non, vous mélangez tout. Ce sont les évêques qui sont rattachés à un diocèse, à un territoire comme vous dites. Les cardinaux sont créés par le pape. De nos jours, ils sont également évêques ou archevêques d'ailleurs. »

Trinity baille avant de se reprendre.

« Excusez-moi, la fatigue. Ma question reste la même. Comment peut-il être évêque et vivre au Vatican ?

— Ah mais tout est prévu ! Il existe des évêchés très pratiques, on dirait virtuels maintenant, qu'on appelle en latin in partibus. C'est à dire qu'à une époque de l'Histoire, il y a vraiment eu un diocèse dans certaines cités mais, avec le temps, soit la ville a disparu, soit elle n'appartient plus à la sphère chrétienne. Sa Sainteté peut ainsi attribuer un titre honorifique d'évêque à qui que ce soit avec ces lieux. Le cardinal Rattalino est lui évêque in partibus de Tipasa, une ancienne ville romaine, située en Algérie.
— Les papes doivent vraiment l'apprécier pour lui décerner tous ces titres. Pourtant, il m'a paru plutôt être un bon vivant porté sur les plaisirs de la vie. »

Le père Manzini éclate de rire.

« C'est pour ça qu'on le garde enfermé au Vatican ! Vous imaginez son Éminence lâchée dans la nature ? À notre époque, avec ce journalisme qui privilégie le superficiel, il ne tiendrait pas longtemps. »

Trinity rit également de bon cœur.

« Vous ne m'avez toujours pas dit pourquoi il est si important...
— Sous ses airs de joyeux drille, le cardinal est en réalité un brillant chercheur. Il est doté d'une intelligence hors pair et s'intéresse à l'univers, ses origines et sa composition. D'ailleurs, tout ce que je sais, tout ce que je vous ai raconté à Orta dans ce domaine, c'est de lui que je le tiens.
— Vraiment ?
— Oui, j'exagère quand je parle de danger avec le cardinal. S'il le veut, il sait très bien se tenir mais il prend un

malin plaisir à irriter les membres les plus conservateurs du Saint-Siège. Il est membre de l'Académie pontificale des sciences et donne aussi des cours magistraux. »

Le père Manzini baille à son tour.

« Il faut se reposer. Je vais vous laisser.
— J'ai encore une faveur à vous demander.
— Oui ?
— Vous connaissez le laboratoire de recherche de Gran Sasso ? Ou alors peut-être que le cardinal, lui, le connaît ? C'est là que travaillait Gianmarco, et je me suis dit qu'il y avait peut-être des infos à y glaner. »

Le jésuite réfléchit, étouffant un nouveau bâillement.

« Dans votre situation, cela va être difficile, non ? Si nous n'arrivons pas à neutraliser le traqueur, vous allez prendre un grand risque.
— De toute façon, je dois bien dormir quelque part demain. Il faut que je sorte, traqueur ou pas, alors...
— Je vais en toucher deux mots à Son Éminence. Elle connaît sûrement quelqu'un là-bas.
— Merci pour tout.
— Je vous en prie. Que Dieu vous accorde un sommeil reposant.
— Même sans bénédiction, il le sera, je vous le garantis. »

Ils se lèvent. À la porte, le père Manzini se retourne.

« Rendez-vous à 7 h pour le petit déjeuner ? »

La Californienne hoche la tête et referme derrière lui.

31

ELLE a déposé la boîte de Speedy, grande ouverte, sur la table. Elle lui a parlé à demi-mots et a caressé sa coquille. Le gastéropode s'est laissé faire, comme au bon vieux temps.

Ensuite, sur son iPhone, elle a cherché une webradio qui diffuse tout bas de la musique reposante.

Après une douche, allongée sur son lit, Trinity attend maintenant le sommeil. Ce dernier l'évite.

Elle est pourtant exténuée !

La Californienne ne sait pas exactement ce qui l'empêche de dormir. Entre tous ses soucis, elle n'a que le choix pour renforcer les pensées négatives augurant de catastrophes à venir.

L'âme est-elle si extensible qu'elle puisse contenir un nombre infini de problèmes, sans dommages collatéraux ? Ou alors, y laisse-t-on peu à peu sa santé ?

Le visage ensanglanté de la blonde platine apparaît derrière les yeux fermés de Trinity.

Comment a-t-elle pu oser un tel geste ?...

Elle se tourne dans son lit.

L'image d'un Gianmarco souriant se superpose à celle de sa poursuivante.

Trinity frémit.

Quelques notes de piano fugitives ponctuent ses pensées.

Pourquoi ? Pourquoi tout ça ? Pourquoi moi ?

Elle se tourne à nouveau dans son lit.

Il n'y a pas d'issue. Il est impossible de s'en sortir. Elle a beau chercher, elle ne voit pas comment elle pourra s'échapper du guêpier dans lequel elle est fourrée.

Un chanteur à voix rauque l'accompagne dans la nuit vaticane.

Le rythme est assez rapide. Une basse envoûtante. Une guitare rythmique. Des accompagnements légers au violon. Trinity se détend et se prend à écouter la chanson.

Elle essaie de comprendre ce qu'il chante. Ce n'est pas de l'italien, mais du français. Elle ne l'a plus pratiqué depuis son stage parisien, auprès de Julien Delage, il y a si longtemps. Bercés par cette voix particulière, des souvenirs remontent. Elle écoute, les yeux grands ouverts.

On s'était dit des choses...

Elle accroche d'autres mots.

... que l'on ne tiendra pas.

Son corps frissonne. La mélodie douce et ensorcelante la prend au cœur et la remplit d'émotion. Elle est un barrage, prêt à lâcher. Encore quelques notes et elle ne pourra plus se retenir. Le refrain est curieusement en anglais.

I need you so,
I won't let you go.

Trinity hoquette.

I need you so,
I won't let you go.

Elle enfonce sa tête dans l'oreiller pour étouffer ses sanglots. Son corps tremble. Elle se mord le poignet, haletante. Ne plus souffrir. Abandonner. Disparaître.

On s'était dit des choses,
Que l'on ne tiendra pas.

Non, non, non ! Le visage trempé, Trinity secoue la tête dans son oreiller. Jamais !

I need you so...

J'ai tant besoin de toi.

I won't let you go.

Je ne te laisserai pas partir.

Jamais je ne t'abandonnerai, Gianmarco, jamais ! Trinity, avec rage, se retourne encore dans son lit. Je me battrai contre tous les traqueurs du monde !

À quelques mètres de là, Speedy, toutes antennes dressées, n'ose pas bouger.

Il attrape les phéromones de souffrance de sa maîtresse. Il les purifie et les renvoie, légères, chargées de quiétude, pour la consoler.

Il est aussi sensible aux vibrations sonores de la musique qui rebondissent sur les murs de la chambre. Elles sont captivantes, ensorceleuses, séduisantes. L'ensemble est d'une tendresse touchante.

C'est beau, tout simplement.

Il perçoit d'ailleurs depuis longtemps tous les efforts de ces géants dans leur quête du bonheur. Ils l'expriment à leur façon, par exemple à travers ces vibrations musicales.

C'est quoi exactement que ce mot de bonheur ? À quoi cela correspond-il ? Pourquoi les humains le recherchent-ils tant ? Voici de grandes questions auxquelles le petit Euxina ne peut répondre.

Dans sa longue vie, Speedy en a observé des batailles de toutes sortes pour le découvrir. Personne ne lui demande son avis, pourtant il aurait bien une réponse à proposer. Il pense que les hommes recherchent quelque chose qui n'existe pas.

Il n'y a pas de bonheur comme il n'y a pas non plus de malheur. Il y a simplement des événements qui se produisent, et que l'on accepte.

Pourquoi se battre pour atteindre l'impossible ? Alors que demain matin, la vie pourrait s'arrêter brusquement ?

C'est simple, non ? Selon lui, dans l'acceptation se cache la sérénité.

N'empêche, ces vibrations mélodieuses qui se propagent et glissent sur les murs sont gracieuses et raffinées, comme du pollen doré, avec une once de mélancolie.

Il doit avouer que ça, il ne sait pas le créer.

Comment font les humains pour imaginer de si jolies choses ?

Speedy, tout à ses pensées, n'en continue pas moins à lancer ses délicates molécules qui calment l'humeur de sa maîtresse.

Voilà, elle s'apaise. Elle se détend. Elle s'endort.

Il est temps, sous le couvert de la nuit, de passer à l'action.

32

BOIRE un verre de Chasse-Spleen.

Rêver. Vivre. Mourir, avec le sourire.

Trinity s'agite dans son lit.

« Je ne veux pas encore partir, pas encore... » murmure-t-elle.

Une onde la touche, soyeuse, légère.

Elle sourit.

« Te voilà...
— Je suis toujours là, tu le sais, la distance n'a rien à voir.
— Speedy, tu pourrais me parler d'un ton moins condescendant ?

— Pourquoi ?
— Parce que j'ai l'impression d'être une petite fille face à son maître d'école... »

L'Euxina émet une vibration moqueuse.

« Tu es toujours une enfant, une petite écolière de la vie. »

Trinity se retourne, irritée.

« Je te remercie. Alors je ne serais qu'une gamine ?
— Oui. »

Elle remue tellement dans son lit étroit qu'elle pourrait en tomber.

« Ça fait plaisir !
— Ne t'inquiète pas, la plupart des humains sont comme ça. Même adultes, les géants ne sont que des bambins capricieux.
— C'est censé me remonter le moral ?
— Oui, au moins tu sais que tu n'es pas seule dans tes soi-disant problèmes... »

Trinity grommelle sous les draps. Speedy est fatigant avec ses vérités pas-bonnes-à-dire.

« Vous continuez à jouer à la guerre. Vous continuez à comparer vos jouets d'adultes. Vous continuez à ne pas réfléchir à vos actions et vous blessez le reste du monde. Nous, les autres espèces vivantes, on en a ras-la-coquille. Si tu savais comme il est devenu difficile de trouver de la nourriture non polluée. »

L'Américaine s'est immobilisée. Elle n'avait jamais vu les choses sous cet angle-là.

« Désolée...
— Tu as fait des progrès récemment.
— Tu trouves ? Avec tous les ennuis qui m'arrivent...
— Au contraire ! Tu bouscules tes habitudes, tu apprends, tu grandis.
— Frapper quelqu'un au visage, c'est s'améliorer, selon toi ?
— Parfois, nous avons besoin d'expériences extrêmes. Personne n'est parfait. Le tout, c'est de comprendre et de ne pas répéter ce qui nuit à l'autre. Apparemment, le genre humain ne l'a pas encore saisi.
— La faute à qui selon toi ? »

Speedy écarte les antennes en signe d'impuissance.

« On ne change pas un certain type de culture comme cela. Il faut du temps. Lorsque l'on est persuadé d'avoir raison, c'est difficile d'entendre les autres et d'apprendre de ses erreurs.
— Tu philosophes ?
— Non, je réponds à ta question. »

Trinity s'habitue à cette communication. En quelque sorte, elle rêve en toute conscience. Elle sent le matelas dur sous elle, les draps rêches, le silence de la nuit. Comment peut-elle communiquer ainsi ?

« Pourquoi veux-tu toujours tout analyser ? Laisse donc faire la magie... un peu !
— Ah, c'est vrai, tu lis toutes mes pensées...

— Je ne les lis pas, tu les exposes, surexposes et elles débordent dans le grand flux des vibrations terrestres.
— Gourou, va !
— Ça suffit, maintenant ! »

Elle trouve Speedy un peu plus grognon que d'habitude.

« Ça ne va pas ?
— Si mais j'ai comme un poids sur le cœur, quelque chose qui me pèse.
— Un amour contrarié ? »

Le fil vibratoire qui les connecte est secoué par une série d'interjections qui amusent la Californienne.

« Dis, Speedy, je peux quand même faire un peu d'humour moi aussi ? »

L'Euxina ne répond pas.

« Tu boudes ?
— Non, j'attends que tu aies fini et que tu me montres le respect qui m'est dû !
— Je m'excuse, vraiment. Alors, ce poids sur le cœur ?
— Je te l'avais déjà signalé. C'est comme une gêne, désagréable.
— À propos de ?
— Je ne sais pas mais... sous ma coquille, je suis incommodé.
— Incommodé ? »

Trinity fronce les sourcils.

Une idée jaillit. Ses mains se crispent sur les draps.

Serait-il possible que ?...

33

Le téléphone du père Manzini sonne.

Et sonne et re-sonne.

Le jésuite abandonne tout espoir de sommeil réparateur. Il attrape le portable posé sur sa table de chevet.

« Pront...
— Mon père ! Mon père ! Je crois que j'ai trouvé ! »

Il ôte brusquement le téléphone de son oreille et grimace. Il presse ses paupières, le plus fort possible, essayant de comprendre. Il regarde l'heure sur son réveil.

5 h 03.

Son bras tenant le portable retombe sur le drap. Il soupire. C'est bien la première fois de sa vie qu'une voix féminine hystérique le réveille aussi tôt. Sauf si l'on compte celle de Sœur Ursula mais dans son cas, elle fait dans les graves et bougonne plus qu'autre chose.

Il entend des « allô, allô » insistants du côté du téléphone. Il le reporte à son oreille.

« Oui... Trinity, vous savez l'heure qu'il est ?
— Je sais, mon père, je sais. Écoutez, je crois que j'ai trouvé le traqueur ! Je pense qu'il est dans la coquille de Speedy. »

Le jésuite se redresse d'un bond.

« Quoi ? Dans votre escargot ?
— Oui, sous sa coquille.
— Comment en êtes-vous si certaine ?
— C'est logique. J'ai cherché partout, partout, partout. Même dans sa boîte. La seule chose que je n'ai pas examinée soigneusement, c'est Speedy lui-même.
— D'accord mais comment auraient-ils fait ?
— Je ne sais pas mais je me suis souvenue qu'un matin à Las Vegas, j'ai retrouvé Speedy dans sa boîte, la coquille fêlée. Sur le moment j'ai cru qu'il avait fait une chute. Maintenant, j'ai des doutes. »

Le père Manzini, assis dans son lit, se frotte les yeux et étouffe un bâillement.

« Qu'est-ce que vous proposez ? On ne va quand même pas briser la coquille de votre escargot comme un œuf à la coque ?

— Vous plaisantez ?! Non, certainement pas. En fait, c'est lui qui va passer la radio ce matin. Mais j'ai réfléchi, il doit le faire ici, sans sortir du Vatican. Autrement, c'est beaucoup trop risqué. »

L'ecclésiastique qui était en train de se lever, s'arrête d'un coup.

« Lui ? Ici ?
— Oui, s'il porte le traqueur, avec les rayons, on le verra tout de suite et je suis certaine qu'il le possède.
— ...
— Mon père ?
— Attendez, Trinity, si je vous ai dit hier que nous devions aller à l'hôpital Gemelli, c'est parce qu'il n'y a pas de clinique au sein du Vatican. »

Il y a un silence au bout de la ligne.

« Quoi ?
— Si le pape est malade, il se rend à cet hôpital.
— Alors on ne peut pas se soigner ici ?
— Il a bien une infirmerie et...
— Et quoi ?! »

Le père Manzini hésite.

« J'ai peut-être une idée... un peu inorthodoxe...
— Peu importe. Je suis sûre que Speedy porte le traqueur et il est hors de question de bouger avant de l'avoir confirmé. Alors agissons !
— Oui, oui, d'accord. Je vais voir ça.
— Merci ! Croyez-moi, je suis certaine de ce que j'avance.

— Comment vous est venue cette théorie ? »

Cette fois-ci, la gêne est de l'autre côté du combiné.

« Une intuition... C'est tout.
— Vous avez quand même dormi ?
— Très peu.
— Ça ira ?
— Il faudra car si j'ai raison, je veux aussi rapidement aller à Gran Sasso. »

Le jésuite soupire et se pince à nouveau les yeux avec deux doigts.

« Attendez, attendez, Trinity. Calmez-vous. Tout cela est hypothétique, je ne peux encore rien vous promettre. Il faut d'abord que j'en parle au cardinal et je ne connais pas son emploi du temps. Peut-être que nous devrions d'abord réfléchir à vous trouver un lieu où dormir ce soir et nous occuper de Gran Sasso demain ?
— Non ! »

Le père Manzini est surpris par le ton sec de la jeune femme.

« Non, mon père. S'il y a une chose que j'ai bien compris récemment c'est qu'il faut agir très vite avec eux. Ma vie et surtout celle de Gianmarco en dépendent...
— D'accord, d'accord. Je vais faire de mon mieux. Je vous retrouve à 7 h en bas ?
— Pourquoi pas maintenant ? »

Le père Manzini souffle un grand coup.

« Trinity, j'ai aussi des choses à faire. Rappelez-vous que je suis un homme d'église. J'ai des devoirs. Méditer et prier. 7 h ?
— Oui, excusez-moi. »

Le jésuite raccroche en secouant la tête. Quelle tornade dès le matin ! S'il ne la connaissait pas, il la penserait sous l'effet d'une drogue quelconque.

Puis, il sourit. Il fait un petit signe de croix sur son front avec son pouce, avant de le baiser.

Tout cela est finalement un bon signe de la providence.

34

On frappe à la porte.

Trinity fronce les sourcils. Il n'est pas encore 6 h. Elle entrouvre la porte avec prudence. Stupéfaite, elle découvre le père Manzini qui attend, bras croisés, une main caressant son menton.

« Mon père ? »
Elle sourit.
« Vous ne deviez pas prier ?
— Prenez Speedy, nous allons faire la radio.
— Maintenant ?
— Oui, vite, nous n'avons que peu de temps. »

Les yeux de la Californienne se mettent à briller. Elle se dépêche de récupérer Speedy, qu'elle place directement au creux de sa main.

En refermant la porte de sa chambre, elle ouvre la paume pour montrer au père Manzini la coquille de l'Euxina. Ce dernier doit encore dormir car il est invisible, recroquevillé chez lui, clausilium fermé.

Malgré l'heure matinale, ils croisent, dans les couloirs, quelques prélats à l'air méditatif, ou plutôt, endormi. Ils sortent de la Domus et, d'un pas rapide, le jésuite entraîne Trinity à travers une place. La Californienne doit pratiquement trotter sur les pavés pour ne pas se laisser distancer. Ce n'est pas grave, elle se sent pleine d'énergie ce matin.

Elle a tout juste le temps de lire le nom de l'église qu'ils laissent sur la gauche.

S. Stefano Protomartire.

« C'est la plus ancienne église du Vatican, lui souffle Manzini sans s'arrêter. La porte est du XIIe. »

Elle hoche la tête. Le jésuite est incorrigible. Même à l'aube, il ne peut s'empêcher de jouer les guides. En levant les yeux sur la droite, elle se rend compte qu'ils sont en train de contourner la basilique Saint-Pierre par derrière.

« Où allons-nous ?
— Ne me le demandez pas. Dépêchez-vous. »

Il ne s'est même pas retourné pour lui parler. Dans sa paume droite, fermée, elle sent que Speedy est en train de se réveiller et tente de s'étirer. Il a ouvert sa porte et, contre sa peau, elle perçoit les doux effleurements des antennes de l'Euxina.

Au pas de charge, le père Manzini pénètre dans un bâtiment jouxtant la basilique. Il tient la lourde porte pour Trinity et la relâche. Alors qu'ils sont déjà repartis dans le couloir sombre, aux murs de pierres nues et à l'odeur de renfermé, le battant claque et résonne, faisant sursauter l'Américaine.

Ils prennent deux fois à gauche et une fois à droite. Ils ne rencontrent personne. Les portes se referment avec fracas derrière eux. L'ecclésiastique sort un grand trousseau de clés de sa poche pour en ouvrir une autre. Il laisse passer la jeune femme avant de repousser le battant à deux mains.

Trinity s'est avancée. Les yeux écarquillés.

Dans la lumière des veilleuses qui se mêlent aux lueurs de l'aurore, des couleurs vives captent son attention. Elle reconnaît cette nef.

Elle lève les yeux au ciel. Bouche ouverte. Époustouflée.

Le doigt de Dieu.

Le père Manzini l'entraîne par le bras.

« Nous n'avons pas le temps, venez, chuchote-t-il.
— C'est la...
— Oui, la chapelle Sixtine. Vous la visiterez un autre jour. »

L'Américaine dégage son bras. Elle ne peut s'empêcher de garder les yeux vers le plafond, fascinée par les fresques qu'elle distingue à peine, tout là-haut, dans l'ombre, comme dans un paradis inaccessible.

Le père Manzini revient sur ses pas. Il hésite un peu et ne peut résister. Il pointe du doigt un des personnages.

« Comme tout le monde, vous notez le doigt de Dieu qui se tend vers celui d'Adam mais personne ne voit le reste de l'image, ce que fait notre Seigneur de son autre bras. »

La Californienne lève encore plus la tête pour tenter de mieux distinguer la scène. Adam lui paraît bien amorphe. Il est là, assis, tendant négligemment la main, passif, pas très motivé.

Dieu, quant à lui, est représenté bondissant vers l'avant, enroulé dans une immense cape pourpre au sein de laquelle s'accrochent des angelots. Trinity les détaille et soudain hausse ses sourcils.

« Il y a une femme !
— Exactement. Il s'agit d'Ève, qu'il entoure de son bras pour la guider vers son mari. N'est-ce pas touchant ?
— Je trouve que son visage et ses yeux reflètent plus la peur qu'autre chose. D'ailleurs regardez, son corps se tend dans la direction opposée à celle de Dieu, entraîné par un des anges. »

Le père Manzini regarde son invitée, médusé.

« Il faut toujours que vous trouviez quelque chose qui corresponde à la lutte des hommes et des femmes, n'est-ce pas ? »

Elle hausse les épaules.

« Je vois ce que je vois. Elle n'a pas l'air réellement heureuse d'être offerte à cet Adam, affalé sur son bout de terre comme sur un canapé. Il ne lui manque plus qu'une télécommande dans la main droite et une boite de pop-corn dans la gauche.
— Rebelle ?
— Oui mon père. De plus en plus !
— Vous avez bien changé depuis Orta...
— Avec tout ce qui m'arrive, oui. »

Le jésuite observe à nouveau la fresque au plafond.

« Je vais vous confier un petit secret qui va vous faire plaisir. Vous voyez cette grande cape pourpre qui entoure Dieu, Ève et les anges. Vous remarquez quelque chose dans sa forme ? »

Trinity scrute ce grand pan de tissu qui vole au vent autour du groupe.

« Non, rien. Elle est juste arrondie.
— Regardez bien, elle ressemble à s'y méprendre à la forme d'un cerveau, vu en coupe latérale. Je vous laisse en tirer les conclusions que vous voulez... »

Il sourit, consulte sa montre et revient à la réalité.

« Allons-y, nous avons perdu assez de temps. »

L'Américaine jette encore un coup d'œil à la fresque. Du côté d'Adam, il y a juste un rocher, plat, dépouillé de tout. Du côté d'Ève, il y a de la vie, il y a du vent, il y a Dieu et les anges, regroupés autour d'elle au sein du symbole de l'intelligence. Voilà une image qui plairait à la nonna.

« Merci Michel-Ange... » souffle-t-elle en s'éloignant.

Son regard bleu parcourt une dernière fois la fresque. Elle note un détail bizarre.

Trinity court après le père Manzini, qui est reparti au pas de charge.

« Vous avez vu Adam ?
— Oui, qu'y a-t-il ?
— Il a un nombril !
— Vous êtes perspicace, vous...
— Ce devrait être impossible puisqu'il est censé être une création de Dieu, pas né de la façon la plus naturelle du monde.
— Très peu de gens le remarquent. »

Elle arrête le jésuite par la manche.

« Et ça ne vous gêne pas ?
— L'erreur est due à Michel-Ange, Trinity. Il était un artiste et il lui était peut-être difficile de représenter un être humain sans nombril. Vous savez, il était très réputé pour sa précision au niveau de l'anatomie.
— Il aurait pu cacher le nombril par un nuage, un genou ou autre chose. »

Le père Manzini repart, Trinity sur ses talons.

« Écoutez, nous avons un autre souci pour l'instant et nous sommes pressés. Alors si vous le voulez bien, les débats sur le nombril d'Adam peuvent attendre, non ? »

La Californienne hoche la tête et murmure entre ses dents.

« N'empêche qu'il a un nombril et que personne ne l'a empêché de le dessiner... »

Le prêtre hausse les épaules et accélère le pas.

35

LEUR COURSE se poursuit dans un dédale de couloirs où ils croisent quelques gendarmes pontificaux en uniforme bleu qui saluent discrètement le père Manzini. Dans leur précipitation, à un angle, ils manquent même de se heurter à deux gardes suisses, casqués à l'ancienne, en grande tenue bouffante orange et bleue. Ils saluent eux aussi le jésuite, s'excusant en italien, puis continuent leur chemin.

Trinity rattrape le père Manzini.

« Pourquoi tout le monde vous salue ? Ils ont l'air de bien vous connaître.
— Le respect de l'habit. »

Finalement, ils débouchent sur une grande cour, entourée d'arcades. Caché par un des piliers, le jésuite fait une pause et observe la cour.

Elle est déserte et cela semble lui convenir.

« Allons-y, murmure-t-il en sortant de l'ombre.
— Où ?
— Dans le seul endroit où l'on puisse faire des radios au Vatican.
— Vous m'avez dit qu'il n'y avait pas d'hôpital.
— En effet, et il n'y en a toujours pas. »

Trinity n'a pas le temps de réfléchir. Elle doit encore trotter pour s'accrocher au pas de l'ecclésiastique. Il se dirige droit devant lui, vers un perron. Ce dernier est coiffé d'un toit en verre et encadré par deux grandes colonnes et de petits arbres en pots.

Alors qu'ils grimpent les quelques marches, la Californienne aperçoit une silhouette derrière les grandes vitres de la double porte d'entrée. L'un des battants s'ouvre et le père Manzini s'engouffre par l'ouverture, suivi par Trinity.

La porte se referme immédiatement. Une religieuse de grande taille à l'aspect massif les dévisage. Son visage austère est ceint par une bande blanche et une coiffe de couleur noire. Ses yeux verts, pâles, froids, détaillent la jeune femme avant de se tourner vers le jésuite.

« Mon père, nous ne devrions pas... chuchote-t-elle d'une voix de baryton, avant d'être interrompue.

— Sœur Ursula, restez ici et prévenez-nous si nécessaire. »

La religieuse veut lui répondre mais il est déjà reparti entraînant une Trinity perplexe.

Ils s'arrêtent devant deux ascenseurs. Un gendarme s'approche et son visage se détend lorsqu'il reconnaît l'ecclésiastique qu'il salue. Ils murmurent en italien pendant que le garde appelle l'ascenseur et leur tient la porte ouverte. Il entre après eux et appuie sur le bouton « 3 ».

Le silence les accompagne pendant la montée. Les portes s'ouvrent à nouveau et le père Manzini fait signe à Trinity de le suivre. Ils prennent à gauche dans un long et large couloir baigné par la lumière orangée de l'aube.

La Californienne est surprise par toute la beauté stupéfiante qui s'étale devant elle.

Le couloir est assez large et son côté droit est composé de grandes baies vitrées laissant entrer les rayons du soleil matinal. Ils rebondissent sur le mur de gauche qui est entièrement recouvert de fresques aux couleurs éblouissantes.

Le père Manzini, qui n'a pas attendu Trinity, se retourne pour lui faire à nouveau signe de le suivre.

« Ne vous laissez pas influencer par les œuvres de Raphaël, nous devons faire vite.
— Le... Raphaël ?
— Oui, celui-là même. Ce couloir fait partie des loggias qu'il a peintes il y a cinq cents ans.

— Mon père, où sommes-nous ?... »

Il ne répond pas et continue à marcher.

Au bout du couloir, deux gardes suisses, en uniforme, sont immobiles devant une grande porte en bois sculpté. Lorsqu'ils reconnaissent le père Manzini, eux aussi le saluent. Ils échangent quelques mots et l'un des gardes entre avant de refermer derrière lui.

Il réapparaît très vite, accompagné par un homme en blouse blanche et à lunettes, visiblement mécontent. Ce dernier leur fait signe de le suivre.

Laissant les gardes à l'extérieur, ils entrent dans ce qui paraît être à Trinity une imposante salle de réception, absolument vide si ce n'est une petite estrade avec un grand fauteuil blanc, sur leur gauche. Au-dessus, une immense tapisserie recouvre le mur.

Son sujet ne fait aucun doute.

Depuis son arrivée hier, Trinity a vu ce dessin partout.

Les armoiries du Saint-Père.

36

L'HOMME à blouse blanche, le visage toujours fermé, les entraîne à grands pas à travers la grande salle de réception. Ils passent ensuite par une petite salle de réunion, avant de déboucher dans un cabinet médical. L'homme leur fait signe de s'asseoir et prend lui-même place derrière son bureau.

« Merci beaucoup, docteur, de faire une exception en nous accueillant.
— Mon père, je le fais parce que je vous dois un grand service, c'est tout. Je prends un gros risque pour ma carrière en vous recevant ici. Imaginez que le Camerlingue débarque... Qu'est-ce que je vais lui dire ?
— Je connais bien le cardinal Uffizi. Ce n'est pas un lève-tôt. Ne vous inquiétez pas, docteur, et sachez que vous faites une très bonne action. »

Trinity se redresse sur son siège.

« Où sommes-nous exactement ? »

Le docteur la regarde, surpris, puis se tourne vers le jésuite.

« Vous ne lui avez pas dit ? »
Il revient vers elle pour continuer avec son anglais accentué.
« Mademoiselle, ici, ce sont les appartements privés du pape. Sa Sainteté est partie hier soir en visite officielle à l'étranger et... »

Le père Manzini l'interrompt.

« Et si nous faisions l'examen ? Le temps presse.
— Oui, vous avez raison. Alors, Mademoiselle, qu'est-ce qui vous arrive ? »

Interdite, Trinity se tourne à son tour vers l'ecclésiastique. Ce dernier enchaîne.

« En fait, l'examen dont nous avons besoin n'est pas pour elle. »

Interloqué, le médecin baisse ses lunettes.

« C'est vous qui avez un problème ?
— Non, je vais bien. »

Le docteur les regarde tout à tour, désorienté. Le père Manzini fait un petit signe à Trinity. Elle avance son poing fermé sous le nez du médecin dont les yeux s'écarquillent à mesure qu'elle ouvre la main.

« Vous vous foutez de moi !... explose-t-il avant de s'interrompre et de recommencer en chuchotant. Qu'est-ce que c'est que cette blague ? Je prends un énorme risque en vous laissant entrer ici et... »

Le père Manzini lève la main pour le faire taire.

« Docteur Ranieri, je vous demande de procéder à l'examen. Dois-je vous rappeler que vous avez beaucoup à vous faire pardonner ?... »

Il laisse ses derniers mots en suspens dans l'air. Leur effet est immédiat. Le médecin se dresse d'un coup derrière son bureau et se dirige de l'autre côté de son grand cabinet.

Il tire un rideau qui dévoile une table d'examen. Dans un coin de la pièce, il extrait d'un socle une sorte de grande plaque, épaisse, avec deux poignées, qu'il glisse dans une fente horizontale sous la table d'examen.

« Veuillez placer le... le patient ici. »

Trinity s'exécute et dépose un Speedy qui s'étire dans tous les sens sur la table, juste au-dessus de la plaque. Le docteur approche une mini unité médicale sur roulettes surmontée d'un écran d'ordinateur et d'un bras articulé. Trinity aperçoit les initiales GE. Du matériel américain. Le médecin attrape le bras et vient le placer au-dessus du gastéropode.

Il enfonce quelques boutons et on entend un léger vrombissement. Il règle le bras de façon à ce que la coquille de l'Euxina soit placée juste au centre du viseur lumineux bleu ciel.

Trinity ne peut s'empêcher de penser que Speedy reçoit sa deuxième bénédiction en deux jours, avec cette croix de lumière centrée sur lui.

Le gastéropode, lui, ne l'entend pas de cette antenne et se met en marche pour explorer les alentours.

Ranieri, qui se concentrait sur l'unité mobile, grogne.

« Il ne faut pas qu'il bouge sinon je ne pourrai pas prendre un bon cliché. Et puis il a quoi votre escargot ? »
Il tente un trait d'humour.
« Il s'est foulé une cheville ?... »

Un froncement de sourcil du père Manzini suffit à le faire taire. Trinity attrape son petit ami qui détalait à son rythme et le remet en place au centre du viseur. Il repart aussitôt.

« On ne va pas y arriver !
— Si, Ranieri, il le faut. »

Le ton du père Manzini est sans détour. Il lui vient une idée.

« Attendez, je vais dans la cuisine. »

Pendant quelques minutes, le docteur et Trinity restent seuls, n'échangeant aucun mot, observant Speedy s'éloigner du centre de la croix de lumière. C'est comme si l'escargot voulait échapper à sa bénédiction forcée.

La Californienne ramène l'Euxina au centre de la cible. Ranieri soupire.

Le jésuite revient, tenant dans la main une feuille de salade. Il la dépose sur le bord de la cible.

« Voilà qui devrait le séduire. »

Heureux de l'aubaine, Speedy se jette sur la nourriture. Il ne se doute pas une seconde qu'elle vient du frigo papal.

Le médecin effectue quelques réglages, appuie sur les touches d'un clavier. On entend un court sifflement comme celui d'un ventilateur.

« Voilà, c'est fait.
— C'est rapide », ne peut s'empêcher de dire Trinity.

Il hausse les épaules et tourne l'écran plat vers ses visiteurs.

« C'est la technologie de votre pays. La plaque, un capteur plan, nous permet d'avoir instantanément une image numérique de la radio. En tout cas, votre escargot, il a une tumeur ou quelque chose comme ça. »

Le père Manzini et Trinity observent l'image, interdits. Ranieri, lui, enlève la grande plaque à deux poignées de dessous la table d'examen et va la replacer sur son socle.

La radio est splendide, nette et précise, couvrant toute la surface de l'écran. La spirale gastéropodienne tourne sur elle-même, tout en douceur, dans un mouvement parfait. Elle est magnifique à observer, telle une lointaine galaxie qui s'enroulerait sur elle-même.

Une galaxie tachée d'un minuscule trou noir.

« J'avais raison... » murmure Trinity.

37

Le docteur Ranieri fait la grimace.

Du moins, c'est ce que pense Trinity car on ne peut voir sa bouche, cachée par un masque chirurgical. Il a chaussé une paire de lunettes avec des sortes de loupes, semblables à celles des joailliers. Pour le moment, elles sont posées sur son front.

Cette fois-ci, le père Manzini a eu de grandes difficultés à le convaincre. Le médecin a beau devoir quelque chose à l'ecclésiastique, il y a, pour lui, des limites au ridicule.

« Imaginez une seconde que le cardinal Uffizi débarque plus tôt que prévu ? Une radio sur cette bestiole, je veux bien, et encore. Mais on aura l'air de quoi en train d'opérer un escargot dans l'infirmerie papale ? Vous imaginez les conséquences ? Le scandale ? Et puis, je suis tout de même un grand docteur, j'ai une réputation, moi ! »

Le jésuite a demandé à la Californienne de sortir quelques instants et elle s'est retrouvée dans la salle de réunion, seule dans un silence total, si ce n'est pour les éclats de voix de Ranieri qui ont, peu à peu, diminué.

Tout cela lui a paru irréel.

Quelques instants plus tard, la porte s'est rouverte sur la tête du père Manzini qui lui a fait signe de le suivre. Elle aurait voulu lui dire quelque chose, comme quoi il en faisait beaucoup, qu'il était trop généreux, qu'il prenait de grands risques pour elle. Il ne lui en a pas laissé le temps et lui a tendu un masque chirurgical. Ils ont traversé le bureau du médecin pour entrer dans un cabinet dentaire des plus modernes.

Le docteur Ranieri enfile des gants en plastique, tout en bougonnant. Trinity fronce les sourcils.

« Pourquoi le cabinet dentaire ?
— Parce que votre escargot a une coquille et que la meilleure façon de la percer c'est d'utiliser la roulette. »

Sur ces mots secs, le médecin approche du plateau métallique qu'il a posé sur le rince-bouche. La table d'opération est ainsi prête. Au centre, un tissu vert a été fixé. Speedy est déjà installé dessus, mâchonnant sa feuille de salade, ne se doutant de rien.

« Comment allez-vous procéder ? »

Ranieri soupire.

« Je connais mon métier, Mademoiselle.
— Le docteur est un chirurgien réputé à Rome », ajoute Manzini.

La star des blocs opératoires lance un regard noir au jésuite, avant de prendre un flacon et, avec une seringue, d'en extraire avec précision ce qui semble être une goutte ou deux d'un liquide transparent. Il s'approche de Speedy. Un cri retentit.

« Vous n'allez pas lui faire une piqûre ?! »

Ranieri, seringue levée, se retourne vers Trinity, agacé.

« Non, je ne vais pas lui injecter ce mélange à base de midazolam. Cela le tuerait immédiatement... et taisez-vous ! »
Il se tourne vers Manzini, lui faisant signe de s'occuper d'elle avant de faire face, à nouveau, au mini bloc opératoire.

« Asseyez-vous ici, s'il vous plaît et laissez faire le docteur. Je vous assure qu'il sait ce qu'il fait. »
Le jésuite joint le geste à la parole en tirant une chaise sur laquelle il force presque la jeune femme à s'asseoir.
« Oui, d'accord, il a peut-être de l'expérience mais il en a opéré combien, des escargots, avant Speedy ? »

Manzini soupire.

« Vous voulez qu'on enlève ce traqueur ou pas ? »

Elle baisse la tête.

« Merci, ajoute l'ecclésiastique, cela va bien se passer. Fermez les yeux et priez peut-être ? »

C'est au tour de Trinity de lui lancer un sourire ironique mais elle lui obéit, tentant de calmer sa respiration.

Elle ne voit pas Ranieri verser le sédatif dans une soucoupe d'eau et ensuite l'approcher de Speedy. Ce dernier, qui termine sa laitue, s'avance, curieux. Il hésite à goûter au liquide. Il est méfiant car l'analyse des molécules lui donne un résultat bizarre.

Ranieri s'impatiente. Trinity entrouvre un œil puis le referme. Manzini consulte sa montre.

L'Euxina, prudent, se détourne du liquide. Cela ne plaît pas au chirurgien qui l'attrape et le plonge directement dedans. Speedy se rétracte aussitôt mais l'eau s'introduit quand même dans les pores de sa peau lisse.

L'effet est immédiat. Il se sent tourbillonner comme s'il faisait du toboggan sur la coquille d'un escargot géant. Il est le gastéropode tournoyant, il est même en train de s'envoler ! Un rêve d'enfant... Speedy envoie des vibrations dans tous les sens, incontrôlées, en pagaille, avant de se perdre dans les méandres de sa coquille.

Trinity ouvre les yeux d'un coup. Des mots lui sont venus à l'esprit.

Peace and love.

Elle se demande bien pourquoi. Se levant de sa chaise, elle se rapproche sur la pointe des pieds pour jeter un œil par-dessus l'épaule des deux hommes. Elle a le temps d'apercevoir la coquille de Speedy, posée sur le côté, comme vide.

Ranieri la remarque et la fusille du regard.

« Asseyez-vous ! »

L'Américaine n'insiste pas et retrouve sa chaise, angoissée.

Le docteur se saisit de la roulette et la met en route. Un bruit strident envahit le cabinet. Il jette un dernier coup d'œil sur la radio qu'il a imprimée. Il baisse les lunettes de précision pour les poser sur le bout de son nez. Il approche l'outil du gastéropode et commence à inciser délicatement là même où Trinity, à Las Vegas, avait apposé sa colle pour sceller la fêlure.

Cette dernière bondit au son de la roulette qui découpe la coquille. Elle pousse un cri qui surprend Ranieri et le fait déraper. Il érafle l'Euxina.

Excédé, le médecin repose la roulette, arrache son masque et se tourne vers Manzini.

« J'en ai assez ! Faites-la sortir où j'arrête ! »

Le père Manzini enlève également son masque et les regarde, tour à tour.

« Vous en avez fini, tous les deux, avec ces enfantillages ? Trinity, calmez-vous s'il vous plaît, surtout si vous tenez à votre escargot. Et vous, Ranieri, faites ce qu'on vous demande, vous ne serez plus dérangé, vous avez ma parole. »

Il entraînc la Californienne par le coude dans le bureau du docteur, referme la porte derrière lui et la fait asseoir dans un des fauteuils. Il attrape une des bouteilles d'eau minérale posées sur un guéridon.

« Buvez, cela vous fera du bien. »

Trinity secoue la tête.

« Buvez, Trinity. »

Elle prend la bouteille, l'ouvre et boit une gorgée.

« J'ai mal partout.
— La tension ?
— Non, je ne crois pas. Je ressens toute la douleur de Speedy.
— Pardon ? »

Le jésuite, qui était en train d'ouvrir une bouteille pour lui-même, reste interdit, la main sur le bouchon.

« Vous ne pouvez pas comprendre.
— Vous voulez dire que vous ressentez ce qui se passe chez votre escargot ?
— Oui, en quelque sorte. C'est difficile à expliquer. Il nous arrive de communiquer. »

Manzini tousse de surprise, avalant de travers sa gorgée d'eau.

« Vraiment ?
— Je crois.
— Ah...
— Quoi ?
— Vous n'êtes pas certaine ?
— Non. Nous sommes dans le monde du subtil, mon père. Pas dans celui des dogmes. »

Il ne répond pas et boit encore, pensif.

« Vous me croyez folle, c'est ça ?
— Non, non...
— Votre réponse vous trahit. Laissez-moi vous poser une question : êtes-vous certain à 100 % de l'existence de votre Dieu, quelqu'un que personne n'a jamais vu ? »

Elle a parlé très vite pour ne pas donner le temps au prêtre de réfléchir. Il a cillé. Cela lui suffit.

« Vous voyez, ajoute-t-elle avec un sourire en coin, c'est la même chose pour moi... Il y a toujours un doute.
— Je n'ai pas répondu !
— Non mais je sais, j'ai vu vos yeux. Et vous savez que je sais. Alors laissez-moi en paix avec mes voix et gardez votre Jeanne d'Arc. »

Ils n'échangent plus un mot pendant de longues minutes.

La porte s'ouvre soudain sur un docteur Ranieri en sueur. Il a replacé sur son front sa paire de lunettes à loupes. Il a l'air content de lui. On dirait qu'il vient de réussir une première en chirurgie.

« Opération réussie ! Voici votre objet. »
Il tend une soucoupe en métal au père Manzini. Il se tourne vers Trinity.
« Le patient se porte bien, il dort et se réveillera tranquillement. J'ai recollé sa coquille mais il lui restera une éraflure... »
Il fait les gros yeux.
« ... par votre faute. »

Il sourit, soulagé.

« Maintenant, partez avant que le Camerlingue arrive ! »

Trinity bondit vers le bloc dentaire afin de récupérer le convalescent gastéropodien tandis que le jésuite examine le contenu de la soucoupe en la faisant tourner. D'abord, il a du mal à apercevoir l'objet. Il le trouve dans un coin, tellement minuscule qu'il ne peut croire que ce grain de sable noir puisse être un traqueur.

Il secoue lentement la tête.

« Mon Dieu, aidez-nous... » murmure-t-il.

38

La puissante BMW dévore l'autostrada A24.

Privilège ecclésiastique ?

Trinity n'ose pas regarder le compteur de la voiture. De toute façon, le chauffeur doit savoir ce qu'il fait. Dans l'habitacle insonorisé, elle somnole, confortablement installée à l'arrière du véhicule. Les sièges en cuir moelleux sont irrésistibles pour une jeune femme qui a très mal dormi ces derniers jours.

Une femme qui d'ailleurs se sent libre pour la première fois depuis longtemps. Elle n'est plus observée, suivie, espionnée. Elle se sent écolière pratiquant l'école buissonnière, allant où elle veut, en toute liberté.

Quelle volupté !

C'est à contrecœur qu'elle a dû laisser Speedy derrière elle. Mais c'était la seule solution. Son petit compagnon, encore sous l'effet des sédatifs, est en sécurité dans sa boîte, au Vatican.

À moitié endormie, le visage sur l'appui-tête, tourné vers la gauche, elle observe son compagnon de voyage à travers ses paupières entrouvertes.

Pour l'instant, il se caresse l'arête du nez, plongé dans la lecture de papiers divers. De temps en temps, il sort son portable pour répondre à un message. Il a aussi pris un coup de fil et c'est cette conversation qui a réveillé Trinity.

Le père Manzini a décidément le bras très long.

Après l'expédition dans les appartements du pape, la voilà sur les routes des Abruzzes en direction de Gran Sasso et de son laboratoire scientifique. Le cardinal Rattalino qui l'accompagne a, semble-t-il, eut un trou soudain dans son emploi du temps. Mais ils ont dû partir en catastrophe, Trinity laissant toutes ses affaires derrière elle.

Elle continue à feindre le sommeil.

Malgré la fatigue, beaucoup de choses se bousculent dans sa tête.

Que devient Christina, par exemple ? A-t-elle pu parler avec Davenport ? Qu'en est-il de MetaForex et de ses positions sur le marché des devises ? Et Nick Burr ? Howard Noyce ?

Tous lui paraissent si loin, comme dans un autre monde, une autre vie où tout était bien huilé. Routinier, prévisible mais bien organisé.

Le regrette-t-elle ?

D'instinct, c'est un non timide qui monte en elle. Cette réponse gonfle dans son cœur. Un goût à la fois sucré et amer lui vient à la bouche. Sa respiration s'accélère.

Non, elle ne regrette plus rien.

Cet aveu la remplit à la fois de joie et d'angoisse. Les deux sentiments s'enroulent en elle dans une danse flamboyante qui s'élève.

Vers le ciel, son ciel, sa vie.

Elle les sent se mêler, s'enlacer, s'embrasser jusqu'à ne plus faire qu'un dans son âme.

C'est ça.

Il y aura toujours du bonheur et de la peur dans le cœur des hommes. Dans le sien aussi. Ses joies passées n'étaient rien que de petits artifices pour masquer sa tristesse.

Maintenant, elle affronte ses peurs, les vit et avance. D'une façon qui la surprend, une certaine exaltation émerge naturellement de toutes ses épreuves passées. Elle n’a plus besoin de rechercher cette sensation ailleurs, à l’extérieur. Tout est là, tapi dans son cœur, attendant l’occasion de s’épanouir.

Toute petite, on avait fait d’elle une petite poupée obéissante, sans qu’elle puisse exprimer quoi que ce soit. Simplement plaire aux autres.

C’est fini.

À travers ses paupières mi-closes, au-delà de la silhouette du cardinal Rattalino, Trinity se laisse emporter par le paysage qui défile. Des montagnes coiffées de neige, baignées par un soleil d’hiver qui, aujourd’hui, s’emplit d’audace et brille, juste pour elle.

Elle referme ses yeux et jouit de l’instant. Elle en tremble.

Tout est parfait.

Elle est une.

Elle vit.

39

TRINITY ouvre les yeux.

La BMW a ralenti.

Le chauffeur et le cardinal échangent quelques mots à voix basse. La voiture se gare dans un tournant à la sortie d'un village.

Rattalino se tourne vers elle.

« Vous venez ?
— Où ?
— Dehors », répond le prélat en riant.

Sans plus attendre, il ouvre sa portière. Aussitôt, un froid mordant s'engouffre dans l'habitacle. La Californienne n'a aucune envie de sortir. Avant de refermer sa porte, il lui fait à nouveau signe de sortir.

Trinity pousse un soupir et s'exécute. Sa veste spencer ne la protège pas plus qu'à Orta, avec maintenant une température qui doit être négative. Elle serre le foulard orange autour de son cou et, mains dans les poches, rejoint le cardinal de l'autre côté du véhicule. Il semble ne pas sentir les assauts cuisants de l'hiver. Il a troqué sa soutane contre un costume sombre associé à un col roulé fin de couleur noire et rien, à part sa grosse chevalière, ne pourrait indiquer son statut de religieux.

« À chaque fois que je viens à Gran Sasso, si le temps le permet, j'apprécie de pouvoir m'arrêter ici. La vue n'est pas la plus belle mais j'aime avoir une certaine perspective.
— Perspective ? Sur quoi ?
— Vous voyez, juste derrière ? Nous venons de sortir d'Assergi, un petit village durement touché par un tremblement de terre en 2009. Depuis, il se meurt presque, la majorité de ses habitants ayant décidé de déménager vers des cieux plus cléments.
— Je les comprends.
— Oui mais certains villageois ont résisté. Ils ont nettoyé les éboulis et reconstruit petit à petit leur maison.
— Et où est la perspective dans cela ?
— J'y viens. Regardez à l'opposé. »

Trinity se tourne dans la direction pointée par le prélat.

Un immense massif montagneux escarpé, raide, hérissé de neige, les domine. Elle se sent soudainement minuscule face à ce monstre de la nature. Le silence assourdissant renforce ce sentiment. Le froid pique ses narines. Elle vacille.

Le cardinal sourit.

« Vous la sentez, cette perspective ? Je l'aime parce qu'elle me remet les pieds sur terre. Si j'oublie qui je suis, si je me prends les pieds dans le luxe de ma fonction, si je crois que je suis plus fort que les autres, n'en déplaise au Seigneur, lorsque je viens ici, je retrouve mon humilité.
— Il vous arrive d'être imbu de votre fonction ?
— Tout s'y prête, ma chère ! »
Il touche le coffre de la voiture pour confirmer ses dires, puis il pointe le sol.
« Mais ici, je retrouve mes origines, je comprends que malgré tous mes efforts, je suis poussière et que je retournerai bientôt à la poussière.
— Tout le monde le sait.
— Non, vous, Trinity, vous pensez le savoir mais ce n'est pas vrai. Ce ne sont que des mots sans signification réelle car vous êtes jeune et vous ne pouvez comprendre dans votre âme le sens de cette phrase. »
Il fouille dans la poche intérieure de son veston.
« Vous avez besoin de plus d'expérience, d'atteindre une certaine maturité et là, oui, vous comprendrez ! »

Il sort une petite flasque.

« Voilà qui va vous aider. »

Il verse un peu du liquide dans le bouchon qui fait aussi office de verre.

« Monseigneur, ne me dites pas que...

— Si, une gorgée de Glenmorangie va vous revigorer. Allez, buvez ! »

Le ton est enjoué.

Trinity se souvient de sa première rencontre avec le whisky du cardinal et, du bout des lèvres, boit une minuscule gorgée. Le liquide à peine avalé, elle tousse.

Son Éminence rit aux éclats, savoure le reste du whisky et s'en ressert un bouchon qu'il boit tout aussi rapidement. Il referme la flasque et la glisse dans la poche de son veston. Il donne ensuite une grande tape dans le dos de la jeune femme qui toussote toujours.

« Vous allez voir, dans quelques instants vous vous sentirez mieux ! »

Il a raison.

Quelques secondes plus tard, la sensation de froid s'éloigne, les couleurs de la montagne deviennent plus vives, le cadre s'élargit encore dans son immensité.

« C'est beau... »

Le cardinal hoche la tête.

« Maintenant oui, vous comprenez mieux ma perspective... même s'il vous manque toujours la maturité. »

Trinity se retourne vers le village. Il paraît si petit. Elle revient vers le massif de Gran Sasso, formidable, vertigineux, comme prêt à engloutir Assergi et ses quelques villageois résistants.

« Et pourtant, ils restent... souffle le prélat, comme s'il comprenait le cheminement intérieur de Trinity.
— Pourquoi ?... Pourquoi ne pas partir ? »

Rattalino glisse ses mains dans les poches de son pantalon, ressemblant ainsi de moins en moins à un cardinal.

« Lorsque nous naissons, que se passe-t-il ?
— ... une nouvelle vie sur Terre ?
— Non, nous commençons une course contre la montre.
— Pardon ?
— Oui, nous débutons un sprint vers la mort. »

Trinity, maintenant échauffée, secoue la tête.

« Qu'est-ce que vous me racontez-là, Monseigneur ! Je vais commencer à croire que le père Manzini est un ange par rapport à vous... »

Le cardinal éclate de rire.

« Un ange, Manzini ? Chacun possède sa part d'ombre, ma chère, et celle du père est assez grande, je vous l'assure. Parlez-lui de Tarente et vous verrez. »
Il toussote.
« Donc, ce sprint nous conduit de toute façon à notre perte, d'accord ? Alors pourquoi courir ?
— Pour laisser un monde encore meilleur à nos enfants ?
— C'est une réponse qui vous honore. Est-ce réellement le cas ? Regardez bien autour de vous, nous vivons dans la période la plus prospère et la plus sûre qu'ait jamais

connue l'humanité. Il n'y a jamais eu aussi peu de guerres, de morts, de famines.
— C'est ce que je voulais dire aussi.
— En même temps, vous ne sentez pas que tout pourrait basculer d'un coup ? Une catastrophe nucléaire ? Une calamité météorologique ? Un enchaînement de circonstances fâcheuses ?
— C'est vrai. »

Il tapote la poche de sa veste, semblant hésiter sur l'éventualité d'une nouvelle rasade de whisky, puis renonce.

« Comme le disait Camus, le philosophe français, il y a une certaine absurdité à la vie. Nous mourrons tous les deux. Tout disparaîtra. C'est dans la nature des choses. Tout ça, et il fait de grands moulinets avec les bras pour embrasser l'ensemble du paysage, tout ça disparaîtra. »

Trinity se demande si le Glenmorangie réussit au prélat durant la journée. Il est en train de lui gâcher le peu d'espoir qu'elle avait senti pointer en elle ce matin.

« Monseigneur, où voulez-vous en venir ? »

Rattalino continue comme s'il ne l'avait pas entendue.

« Oui, cela se produira. Aucune civilisation n'est éternelle. Aucune planète. Aucune étoile... Et pourtant, dès la naissance, nous nous battons pour une cause perdue d'avance.
— Arrêtez, s'il vous plaît, ce n'est pas très gai, tout ça. »

Il la regarde, les sourcils froncés.

« Vous ne comprenez pas ? Dès notre venue au monde, nous nous efforçons d'aller de l'avant, de progresser, d'avancer. C'est dans nos gènes. Nous connaissons notre fin mais pourtant nous luttons...
— Et ?...
— N'est-ce pas merveilleux ? C'est le plus beau des combats, celui qui est inscrit dans nos branches d'ADN, celui qui nous pousse vers le lendemain. Un élan vital... Le doigt de Dieu. »

Le cardinal se tait et joint les mains. Il semble prier, les yeux fermés. Trinity a envie de lui dire que non, il n'y a pas un quelconque Dieu là-dedans, juste le bon mélange d'atomes qui a permis de créer le bon cocktail. Mais – est-ce dû à l'alcool ? – elle est troublée par les paroles de ce prélat, à la fois prêcheur et homme de sciences.

Son Éminence se signe, ouvre les yeux, lui fait un petit sourire contrit et l'invite à remonter dans la voiture.

Dans le doux confort de l'habitacle, bercée par le Glenmorangie, pour la première fois de sa vie, Trinity se demande s'il n'y aurait pas quelque chose derrière tout cela.

Un grand Créateur ?

Cette pensée la trouble plus qu'elle ne le voudrait. Elle a envie de s'endormir là, immédiatement, et de chuchoter quelques mots à Speedy. Il doit bien avoir un avis sur la question.

Elle somnole à nouveau et n'ouvre les yeux que lorsque la BMW ralentit et s'arrête.

Ils sont dans une sorte de tunnel étroit, carré, en ciment. Devant eux, il y a deux petites barrières et, juste derrière, un immense portail de métal, occupant toute la hauteur de l'ouverture. Il est en train de se replier sur la droite. Un panneau indique Laboratori nazionali del Gran Sasso.

Les barrières se lèvent, le chauffeur fait avancer la voiture.

Sa conversation vibratoire avec Speedy devra attendre.

40

La BMW roule à travers plusieurs tunnels avant de se garer.

« Bienvenue dans les entrailles du diable.
— Pourquoi dites-vous ça ?
— Au-dessus de nous, il y a plus d'un kilomètre de roche. Nous venons de pénétrer dans le plus grand laboratoire souterrain du monde, Trinita. Près de sept cents personnes travaillent ici, des chercheurs du monde entier. »

La Californienne frissonne en sortant de la voiture. Pourtant, la température est meilleure qu'à l'extérieur.

Elle tremble. C'est ici que travaillait Gianmarco.

Un homme en costume, coiffé d'un casque de chantier, vient les accueillir. Il salue le cardinal avec beaucoup de respect et baise son anneau avant de tendre la main à Trinity. Plutôt jeune, il se présente comme un chargé des relations publiques. Ils le suivent dans un dédale interminable de larges galeries bétonnées. Les côtés sont occupés par d'imposantes citernes de gaz, des générateurs, des échafaudages métalliques. Des câbles et des tuyaux courent le long de ces immenses couloirs. Ils sont surmontés par une ligne infinie de néons blafards qui donnent une atmosphère irréelle au lieu.

« Le laboratoire possède dix kilomètres de galeries de ce type. Il ne faut pas être claustrophobe.
— Vous venez souvent ?
— Une fois par an pour donner ma bénédiction. »

Trinity hoche la tête. Elle comprend mieux maintenant que le prélat puisse avoir facilement ses entrées ici.

« Pourquoi avoir besoin d'être sous terre ?
— Ils étudient les plus petites particules de l'univers. Elles sont très sensibles à la moindre interaction avec les rayons cosmiques qui bombardent la Terre. Gran Sasso signifie grande pierre en italien. Ainsi, avec cette énorme carapace de roche au-dessus d'eux, les chercheurs arrivent à protéger ces infimes particules et à les étudier.
— Parce qu'elles ne sont pas stoppées par cette masse de pierre ? »

Le cardinal sourit.

« Rien ne les arrête. Les neutrinos, par exemple, qui sont des particules élémentaires bien plus petites que les atomes, traversent la Terre pratiquement comme un couteau pénètre dans du beurre.

— Donc ils me traversent ?
— Oui. Chaque seconde, des milliards de milliards de milliards de neutrinos passent à travers vous. Vous ne sentez rien parce qu'ils n'interagissent pas avec la matière ordinaire. En moyenne, il faut plusieurs années pour qu'un neutrino frappe enfin, par chance, un des atomes de votre corps.
— C'est un travail de fourmi que de les étudier !
— Oh oui ! Et c'est pour cela qu'on prend tellement de précautions pour tenter de les analyser. »

Le chargé des relations publiques les fait entrer dans un préfabriqué où se trouve une salle d'attente. Il les salue et les laisse s'installer sur des chaises en plastique. Aucune revue comme chez le médecin. Aucun distributeur de boisson.

« Vous savez ce qu'étudie Gianmarco par rapport à ces neutrinos ?
— Non, je ne suis pas du tout spécialisé dans ce domaine. Je sais juste qu'il y a plusieurs types d'expériences qui sont menés ici. »

Trinity, les mains dans les poches, est de plus en plus perplexe. Elle est heureuse d'être enfin ici. Elle va pouvoir questionner Lucia, la collaboratrice de Gianmarco. Qu'a-t-il pu trouver de si extraordinaire sur ces particules pour qu'on l'ait enlevé et qu'on veuille à tout prix ses notes ?

La porte s'ouvre.

Une jeune femme entre. Trinity se lève d'un bond. Elle la reconnaît, avec ses fines lunettes. C'est celle de la photo qui était tombée du carnet de Gianmarco. Elle est encore plus jolie que sur le cliché.

Émue, Trinity s'avance vers Lucia.

Cette dernière la dévisage et pâlit. Ses sourcils se froncent. Son visage se crispe et se transforme en celui d'une diablesse. Elle pousse un cri qui fait sursauter les deux autres.

Avant qu'ils aient le temps de réagir, elle se précipite sur Trinity et tire des deux mains sur le foulard orange, manquant d'étrangler l'Américaine qui se débat comme elle le peut.

Le cardinal, après un instant de surprise, intervient et tente de séparer les deux femmes.

« Arrêtez ! Pour l'amour de Dieu, arrêtez ! »

Il réussit finalement à repousser l'Italienne dont le regard noir déborde de haine. La bouche tordue, elle crie en italien des mots qui provoquent l'indignation du Monsignore.

Elle s'arrête soudain, haletante. Toujours retenue par le cardinal, telle une furie, elle foudroie Trinity du regard.

« Qu'est-ce que vous faites avec le foulard que j'avais offert à Gianmarco ! »

41

LE BUREAU est spacieux.

Sobre. Dans l'ombre.

L'atmosphère est reposante. On entend à peine les bruits de la circulation à l'extérieur du Vatican.

Le père Manzini relit quelques papiers officiels qu'il s'apprête à signer.

Devant lui sont placés deux sièges, séparés par une petite table basse. C'est vers celle-ci que son regard est constamment attiré et surtout, sur ce qui est posé dessus. Il ne peut s'en empêcher. Il sait ce qu'il doit faire. Mais cela le tourmente.

Heureusement, la casuistique permet d'arrondir les angles, d'assouplir les résistances, de calmer les consciences.

Depuis des siècles, d'autres, avant lui, ont eu le même problème. Doit-on tout sacrifier pour l'amour de Dieu ? Ou pour la protection d'une idéologie ?

Il est loin, le temps où, jeune séminariste, il débattait avec ses collègues sur des questions de foi, de sacrifice, d'engagement. C'était facile. Ce n'étaient que des paroles enflammées lancées par une bande de jeunes fous de Dieu, dans un amphi.

La réalité est tout autre et le père Manzini, au fil des ans, a appris à composer avec le probabilisme.

Son œil est à nouveau attiré par le sac à dos noir sur la table basse.

D'un geste vif, saccadé, il signe le dernier document déposé par sœur Ursula sur son bureau. Le jésuite referme son stylo et inspire un grand coup. Il ne peut plus reculer. Il n'a pas beaucoup de temps. Des rendez-vous sont programmés. Il n'a que quelques minutes.

D'un coup, il se lève.

Il ne se dirige pas vers la table basse mais vers une des extrémités de la large pièce. Elle comprend une table de réunion, quelques fauteuils et un canapé. Dans un coin, derrière un rideau damassé, un prie-Dieu fait face à un crucifix. Ce dernier, composé de deux petites tiges de bois brut sommairement attachées par un fil de laine, semble avoir été fabriqué par un enfant.

Le père Manzini se signe et s'agenouille devant cette simple croix.

Tête baissée, mains serrées touchant ses lèvres, il murmure une prière. Celle que lui dicte son cœur, celle qui va l'aider à accomplir ce qui doit être accompli, celle où il sacrifie un peu plus de son intégrité.

« Domine Iesu, noverim me, noverim te... »

Il murmure le reste avant de plonger dans le silence, figé, respirant à peine, attendant que sa conscience se calme. Elle finit toujours par le faire car, casuistique ou pas, les hommes ont toujours été très doués pour justifier leurs actes, quels qu'ils soient.

Et aujourd'hui sera identique au passé dans la longue procession des soi-disant bonnes raisons, dans l'Histoire de l'humanité, de protéger le bien du mal.

42

TRINITY porte les mains à son cou. Elle touche le foulard orange.

« Je ne savais pas... Je suis désolée...
— Désolée ? crache Lucia. C'est le cadeau que je lui avais offert pour célébrer notre premier anniversaire ensemble. »

La Californienne encaisse le coup.

« Ensemble ?...
— Oui, ensemble ! Nous avions des projets !
— Oh... »

C'est tout ce que peut répondre Trinity. Malgré ses doutes lorsqu'elle avait découvert la photo de Lucia dans le carnet noir, elle ne pensait pas que Gianmarco puisse...

Bien sûr qu'il avait eu une vie avant de la rencontrer à Las Vegas ! C'est normal, les humains créent des relations, échangent, grandissent, bataillent, se rabibochent ou se quittent.

Trinity soupire et commence à enlever la longue bande de tissu orange.

D'un coup, Lucia bondit à nouveau vers Trinity. Le cardinal Rattalino qui l'avait relâchée a tout juste le temps de la rattraper.

« Qu'est-ce que vous avez fait à mon foulard ?! »

Trinity, interloquée, recule. Elle ne comprend pas. Finissant de l'ôter, elle le lance à l'Italienne, espérant ainsi la calmer.

« Vous l'avez souillé ! Vous êtes jalouse, c'est ça ? Toutes ces taches noires, c'est quoi ? Votre haine, votre jalousie, votre venin ? »

Lucia jette le foulard aux pieds de la Californienne.

« Gardez-le, il n'a plus aucune valeur pour moi. »

C'en est trop pour Trinity.

Elle ramasse le foulard et s'avance, sourcils soudain froncés, vers Lucia et le cardinal.

« Vous avez terminé votre cinéma d'amoureuse délaissée ? »

Le ton de sa voix est si direct, incisif, percutant, que Lucia fait un pas en arrière, surprise, manquant de faire tomber Rattalino, lui-même bouche bée.

« Quand allez-vous vous comporter comme une femme et non comme une pauvre petite fille abandonnée qui n'est rien sans son homme ? Qui dépend de lui pour exister ? Qui ne vit que dans son ombre ?
— Je ne vous permets... »

Excédée, Trinity n'écoute plus. Elle s'avance encore et d'un geste instinctif, lève la main. La claque résonne sur la joue de Lucia et sa tête tourne sous l'impact.

Les yeux du cardinal s'arrondissent de stupeur.

L'Italienne, sans un mot, relève son visage, se tenant la joue. Son regard montre toute la tempête qui sévit en elle. Le cardinal l'attrape à nouveau, s'attendant au pire.

Lucia baisse la tête. Pendant quelques secondes, elle suffoque, menant une terrible bataille contre elle-même. Puis ses yeux remontent vers Trinity. Ils se sont éclaircis.

Elle fait signe au prélat.

« Può lasciarmi.
— Va tutto bene, figlia mia ?
— Sì, sì, non si preoccupi. »

Elle réajuste ses lunettes. Brune, cheveux mi-longs, plus courts que sur la photo, Lucia possède un visage fin, terminé par un petit nez en trompette. De grands yeux noirs, maintenant apaisés, la rendent séduisante. Quelques taches de rousseur parsèment ses joues. Elle prend une grande inspiration et tend la main.

« Je m'appelle Lucia Solstizio mais vous le savez déjà.
— Oui, répond Trinity prudente, serrant sa main, vous êtes la collaboratrice de Gianmarco. »

Un bref éclair passe dans le regard de l'Italienne.

« Pas sa collaboratrice... Sa patronne. »

La Californienne hausse les sourcils de surprise.

« Ah ?...
— Gianmarco ne vous l'a pas dit, je suppose ?
— Il ne m'a pas parlé de vous. »

Lucia tressaille.

« Alors... comment me connaissez-vous ?
— Par sa grand-mère. »

Le regard de la scientifique s'adoucit à nouveau.

« La nonna ! Il n'y en a pas deux comme elle.
— Vous la connaissez bien ?
— Évidemment, je faisais presque partie de la famille. »

Trinity encaisse le coup.

« Au téléphone, le cardinal m'a expliqué que vous vouliez en savoir plus sur Gianmarco ?

— Oui, il a disparu et il est en grand danger. J'essaie donc d'en savoir plus sur lui. »

Lucia a un petit rire.

« Disparu ? Lui ? J'aimerais bien, tiens, après tout ce qu'il m'a fait subir. Mais vous faites erreur. Il a posé quelques jours de congés à prendre après son congrès de Las Vegas. Il doit être en train de se balader quelque part aux États-Unis. C'est ce que j'ai d'ailleurs indiqué à la nonna l'autre jour au téléphone. »

Trinity n'insiste pas et enchaîne.

« Quel genre de travail effectue-t-il ici ?
— De la recherche fondamentale, c'est tout. »

La cardinal Rattalino s'est rassis, fatigué par tous ses efforts. Ce n'est plus de son âge, ces bagarres d'adolescentes amoureuses. Pour se remettre, il déguste tranquillement un peu de Glenmorangie.

« Vous pouvez m'en dire plus ? Il doit bien y avoir quelque chose d'important dans ses... dans vos travaux. Saviez-vous, par exemple, qu'il avait un carnet personnel dans lequel il consignait des formules mathématiques ?
— Qu'est-ce que vous me racontez là ? Entre collègues, nous partageons toujours les résultats de nos travaux. Il n'a aucune raison de cacher certains résultats. Ce ne serait pas éthique. D'ailleurs, ce carnet, je peux le voir ?
— Nous sommes venus précipitamment. J'ai dû en laisser les photocopies au Vatican.
— Au Saint-Siège ? Quel rapport ? »

Trinity soupire.

« C'est une trop longue histoire à vous expliquer. Mais quelque chose, lié à ses travaux, lui fait courir un grand danger. Peut-être y a-t-il un indice dans ses affaires ? »

Lucia secoue la tête.

« Vous parlez comme dans une série télévisée. Vous vous faites des idées, c'est tout. Il est juste en vacances... et je pense, sans doute en charmante compagnie. Vous aussi il vous a trompée, alors ? Vous me reprochez de ne pas agir comme une femme sensée. Je pourrais vous dire la même chose. »
Elle secoue la tête.
« Quand même, venir jusqu'ici... Vous ne devriez pas vous accrocher comme ça, il n'en vaut pas la peine. »

Trinity est agacée par les propos de la scientifique mais n'en laisse rien paraître.

« Merci pour votre avertissement. Je ne l'oublierai pas. »

Lucia se radoucit.

« Puisque vous avez fait le trajet depuis Rome, vous voulez voir son bureau ? Comme ça, en même temps, je pourrai mieux vous expliquer ce que nous faisons.
— Vous travaillez sur les neutrinos ? »

L'Italienne regarde Trinity avec étonnement.

« Vous savez ? C'est Gianmarco qui vous a expliqué ?

— Non, pas du tout. Nous n'avons pas eu le temps d'en parler. C'est Monseigneur qui m'a fait un cours simplifié. »

Elles se tournent toutes les deux vers Son Éminence qui lève son bouchon en entendant son nom.

« Que Dieu bénisse Gran Sasso ! » s'exclame-t-il avant de se lever.

43

Le père Manzini se tient devant le sac noir.

Mains serrées.

Il les écarte à regret et, dans un geste hésitant, ouvre la fermeture éclair. Le jésuite écarte les deux pans du sac. La première chose qu'il aperçoit le bloque dans son mouvement.

La boîte !

C'est la boîte de plexiglas que Trinity a déposée sur le dessus de ses affaires comme une ultime protection de sa vie privée.

À l'intérieur, il y a un gardien qui, bien réveillé, ne le quitte pas des yeux. Qui guette ses phéromones. Qui tente de lui envoyer un message de renonciation.

Le père Manzini, pendant quelques secondes, reste immobile, yeux fixés sur ce minuscule gastéropode qui le scrute.

« Qu'est-ce qu'il fait là à me regarder ? », murmure le jésuite.

Il sent que son cœur tente de lui dire quelque chose qu'il ne veut surtout pas entendre.

Le prêtre repousse avec force l'onde qui essaie de se frayer un chemin jusqu'à son âme.

« Pas maintenant. »

Détournant le regard, il prend entre ses mains la maison d'un Speedy qui continue à le pointer de ses antennes. Il la dépose sur un des sièges et la recouvre d'un journal.

Il poursuit sa fouille, maintenant soulagé.

Il sort les affaires du sac de Trinity : des vêtements, un portable éteint, un livre assez vieux ainsi que, pliée tout au fond, une liasse de papiers. Des photocopies.

Concentré, il les pose sur son bureau, se rassoit et commence à les parcourir. Au fur et à mesure qu'il tourne les pages, l'amoureux de la physique en lui renaît et oublie tout le reste.

Les calculs sont bien posés, les équations harmonieuses. Celui qui les a rédigés est doué. Le jésuite se laisse porter par l'élégance mathématique de ce qu'il lit.

Pourtant, à mesure qu'il avance, son sourire se fige.

Un pli d'inquiétude apparaît sur son front.

Il tourne les feuillets de plus en plus rapidement, maintenant anxieux. Il ne détaille plus les belles formules. Il saute des paragraphes.

« Où veut-il en venir ? »

Lorsqu'il atteint la dernière page photocopiée, le père Manzini est pâle.

Il relève les yeux et cherche du regard la croix qui se trouve devant le prie-Dieu. Il se signe et clôt ses paupières.

« Cet homme est trop dangereux. »

44

LUCIA les fait entrer.

Dans la pièce, deux bureaux se font face. L'un bien mieux rangé que l'autre. Elle le pointe du doigt.

« C'est celui de Gianmarco. »

Des piles de dossiers s'entassent sur des étagères, derrière. Trinity s'avance et lance un regard interrogateur vers Lucia. Cette dernière, la joue encore rouge, lui fait un signe de la main.

« Allez-y. »

La Californienne s'assoit à la place de l'homme qui a bouleversé sa vie. Elle observe le bureau à la recherche d'un indice qui pourrait l'aider à se reconnecter avec lui. À part un écran d'ordinateur, une pile de feuilles de papier vierge et deux stylos bien rangés dans un mug, il n'y a rien. Face à elle, le bureau de l'Italienne croule sous les dossiers. Juste derrière, un grand tableau blanc est en partie couvert de formules mathématiques.

« Gianmarco est-il quelqu'un de méticuleux ? »

Lucia s'assied à son propre bureau, faisant face à son interlocutrice. Elle fait signe au cardinal de prendre un fauteuil à roulettes dans un coin.

« Dans son travail, oui. Mais vous le connaissez, ce n'est pas du tout sa qualité première dans la vie quotidienne.
— Non, je ne le connais pas tant que ça, et je trouve son bureau trop bien rangé. »

Lucia hoche la tête.

« C'est vrai que le lundi suivant le week-end de son départ, j'ai été surprise de trouver son bureau si bien ordonné. J'ai mis ça sur le compte de son voyage à Las Vegas suivi de vacances. Une envie soudaine de trier ses affaires.
— Je trouve que cela ressemble plus au bureau de quelqu'un qui ne reviendra pas. »

Lucia saisit un stylo qu'elle fait tournoyer entre ses doigts.

« Vous croyez ?
— Je suis d'accord avec Trinity, dit le cardinal Rattalino. Il n'avait pas de photos, d'objets personnels ?
— Non, rien de tout ça. Nous sommes ici pour travailler.

— Justement, sur quoi travailliez-vous avec lui ?
— Oui, ajoute Trinity, que faisiez-vous avec ces neutrinos ? »

Lucia se penche en arrière, faisant basculer le dossier de son siège.

« J'ai peur que ce soit ennuyeux pour vous. Je vais essayer de simplifier au maximum. »

Elle réajuste ses lunettes, se lève et prend un chiffon pour effacer le tableau blanc derrière elle.

« Nous participons à une expérience internationale appelée O.P.E.R.A. qui consiste à mesurer les oscillations des neutrinos. »

Elle dessine un cercle sur la gauche du tableau.

« Ça c'est le CERN à Genève, vous connaissez ? »

Le cardinal hoche la tête.

« Évidemment ! C'est là où se situe le plus grand accélérateur de particules au monde.
— Bien, Monseigneur. »

Lucia trace une longue flèche qui part du cercle et qui va vers la droite. Au bout, elle dessine une sorte de mur.

« Le CERN produit un faisceau de neutrinos et nous les envoie ici. Nos appareils tentent alors de mesurer l'oscillation de ceux qui heurtent notre cible.
— C'est tout ? »

Lucia regarde Trinity et jette son marqueur sur son bureau.

« Oui, c'est tout et c'est un travail d'extrême précision, difficile, aléatoire, qui va prendre des années, parce que les neutrinos sont difficiles à capter. »

Le prélat, lui, a déjà les yeux brillants.

« C'est quand même formidable ! Réussir à envoyer ces minuscules particules avec une telle précision, quel exploit vous réalisez !
— Merci, Monseigneur. Ce n'est pas si précis que ça. Les neutrinos parcourent près de sept cents kilomètres sous terre avant de, peut-être, frapper notre mur. Il est composé de cent cinquante mille briques de plomb reliées à des détecteurs ultrasensibles.
— Impressionnant, ma chère ! »

Lucia sourit au cardinal.

« Je suppose que les neutrinos arrivent vite ? »

La question de Trinity fait disparaître le sourire de l'Italienne.

« Évidemment. Il leur faut 2,4 millisecondes pour parcourir la distance, soit en gros, la vitesse de la lumière. »

Rattalino fronce les sourcils.

« Cela me revient, maintenant ! Vous n'avez pas eu justement un problème de mesure, il y a quelque temps ? »

Le visage de Lucia se rembrunit.

« Oui, Monseigneur, cela a été très embarrassant pour nous. À cause d'un défaut sur un de nos appareils. Une des horloges atomiques qui chronomètrent la vitesse des neutrinos était mal branchée et a faussé les temps. Les particules étaient plus rapides que la vitesse de la lumière ! Ce qui est théoriquement impossible. »

Elle fait une pause, passant sa main dans ses cheveux. Elle secoue la tête et se reprend.

« Mais nous avons rectifié cette erreur. En tant que chef de projet, c'est moi qui ai reçu un blâme de la part de toute la communauté scientifique. Notre chargé de communication a dû démissionner. »
Elle soupire.
« Gianmarco, lui aussi, en a subi les conséquences. Après cet incident, il est devenu distant, taciturne, renfermé. Je pense que pour lui qui est méticuleux dans ses recherches, une erreur pareille était difficile à accepter. D'autant plus que c'est lui qui avait la responsabilité de ces mesures. »

45

Il griffonne sur un large calepin aux feuilles jaunes.

Il calcule. Il tente de comprendre.

Les formules sont d'un haut niveau mais en les réécrivant, ses connaissances lui reviennent.

Le père Manzini est une fois de plus fasciné par les équations qui se développent devant lui, sur ces feuillets photocopiés.

Après sa brutale prise de conscience, il veut maintenant comprendre. Comment cet homme a-t-il pu arriver à ce résultat ? Comment peut-il postuler cela ? L'a-t-il testé ?

Le jésuite a annulé ses rendez-vous. L'expresso, qui lui a été servi par une Sœur Ursula mécontente, refroidit dans sa tasse, oublié.

Il ne peut s'empêcher de saluer le génie du scientifique qui a suivi ce raisonnement inédit. Avec son écriture élégante, il a déployé ses postulats en fonctions, ses hypothèses en calculs, ses conclusions en chiffres.

Comment a-t-il fait ?

La curiosité du scientifique en lui est forte mais le père Manzini revient peu à peu à la réalité qui l'a ébranlé tout à l'heure. À tout ce que cela implique.

Il en finit une nouvelle fois avec le dernier feuillet, perplexe. Il le retourne. Le re-retourne. Il revient en arrière, relisant en diagonale pour être certain qu'il n'a rien oublié.

Il repasse encore à la dernière page et mâchonne son crayon comme le jeune étudiant féru d'algorithmes qu'il fut jadis. Le jésuite reste de longues minutes devant cette ultime page photocopiée. Il en oublie tout. Le temps et ses devoirs. Comme si plus rien d'autre n'existait. Juste un tunnel avec ces ultimes formules truffées de fonctions à plusieurs variables, d'équations différentielles... et lui.

Qu'est-ce qu'il manque ? Qu'est-ce qu'il ne voit pas ?

Toujours changer de perspective, se rappelle-t-il. C'est le meilleur moyen de résoudre les équations de la vie.

Son instinct lui souffle que quelque chose ne colle pas sur cette fin. L'auteur a été habile. Un jeune physicien se ferait prendre au piège, n'y voyant qu'une expérimentation audacieuse qui n'a pas abouti. Le père Manzini esquisse un sourire de satisfaction. Il n'a pas perdu ses bases.

Son visage redevient sombre. Qu'est-ce qui ne cadre pas ?

Son portable vibre, le ramenant à la réalité. Un message de Sœur Ursula lui remet les pieds sur terre. Il ne peut manquer sa prochaine réunion au palais apostolique. De plus, l'ambassadeur des États-Unis au Saint-Siège veut absolument s'entretenir avec lui.

Irrité, il se lève d'un coup, rassemble ses dossiers et les fourre dans son cartable, tout en continuant à regarder cette ultime feuille.

Soudain, il comprend.

Il manque la clé.

C'est cela, il manque une toute petite pièce du puzzle !

L'équation qui lierait le tout.

Peut-être qu'elle n'a pas encore été trouvée ?

Un espoir lui vient.

46

LE CARDINAL s'est absenté. Une envie pressante.

Le silence règne, pesant, dans le bureau des chercheurs.

Lucia triture toujours son stylo pendant que Trinity ouvre les tiroirs du bureau de Gianmarco à la recherche d'un indice. Ils sont vides. L'Italienne semble se souvenir de quelque chose.

« Vous avez dit tout à l'heure que vous ne connaissiez pas tant que ça Gianmarco... commence-t-elle.
— À peine vingt-quatre heures, voilà tout le temps que je l'ai connu. »

La scientifique hausse les sourcils. Son visage passe par différentes expressions. Il y a du soulagement, de l'incompréhension, de la jalousie. Elle va pour poser une autre question. Trinity met la paume en avant pour l'en empêcher.

« Ne me demandez pas.
— Pourquoi ?
— Parce que j'en ai assez de me justifier et de tenter d'expliquer aux gens pourquoi je suis ici. »

La question suivante sort difficilement de la bouche de Lucia.

« Vous... l'aimez tant que ça ?
— Oui, et vous ?
— Nous avons vécu une belle histoire ensemble pendant deux ans et puis... »
Elle cherche ses mots.
« C'est difficile de mener de front vie personnelle et vie professionnelle. Vous nous voyez, tous les deux, constamment face à face, comme maintenant ? »

Trinity hoche la tête.

« Pas facile à gérer.
— Impossible serait plus exact... Vous ne savez pas à quel point. Nous avons trop de pression dans notre métier et en plus je suis sa patronne. Il est ensuite difficile de se retrouver, de se poser, pour construire une histoire. Les week-ends à Orta, par contre, ils me manquent. J'aime beaucoup la nonna, une femme pleine d'énergie et si douce en même temps. »

L'Américaine sourit. Si Lucia connaissait le passé tumultueux de la nonna, elle ne dirait peut-être pas la même chose.

« Elle ne m'a pas parlé de vous, juste mentionnée comme une collègue de Gianmarco.
— Elle a sans doute préféré rester discrète sur le passé de son petit-fils. Par contre, à lui, je lui en veux toujours de m'avoir quittée ainsi.
— C'est à dire ?
— Sans vraiment me le dire, en espaçant nos rendez-vous, en étant moins disponible. Ça s'est produit au même moment que l'incident dont je parlais tout à l'heure. »

L'Italienne inspire un grand coup.

« Gianmarco s'est renfermé. J'ai pourtant essayé de lui parler, de comprendre, de l'aider. Il m'a juste expliqué, un jour en passant, que nos tranches ne correspondaient pas. Je n'ai rien compris à ce qu'il a voulu dire ! Ensuite, il est devenu de plus en plus distant et puis, j'ai appris qu'il sortait avec une autre... »

Le cœur de Trinity se serre. Elle se ressaisit.

« Des tranches ? Cela ne correspond à rien dans votre travail avec les neutrinos ? Aucun lien ? »

Lucia, plongée dans ses pensées, met un instant avant de réagir.

« C'est un terme que nous utilisons mais cela peut vouloir dire tellement de choses dans plusieurs domaines. Par exemple, les tranches de travaux pour agrandir le labo, les tranches d'espace-temps, vous voyez ? »

L'Italienne secoue la tête et poursuit.

« Alors, pour finir, j'ai laissé tomber et nous n'avons plus eu que des rapports professionnels. Je sentais bien qu'il était mal mais il ne voulait pas parler. Au final, j'ai beaucoup souffert de devoir être face à lui tous les matins et de le voir dépérir. »
Elle s'interrompt pour souffler.
« Avant qu'il ne parte pour Las Vegas et cette conférence.
— À ce moment-là, il a changé ?
— Oui. D'un coup, juste avant, il a retrouvé une certaine joie de vivre. Il était redevenu le Gianmarco souriant et guilleret que j'avais connu. Cela ne m'a fait aucun bien. Il paraissait heureux mais j'étais exclue de ce bonheur... »

Lucia s'interrompt. Elle marmonne quelque chose qui ressemble à un juron.

« Il m'a fait trop souffrir... Qu'il aille au diable ! Si seulement votre histoire de disparition pouvait être vraie. Je n'aurais pas besoin de le revoir. »

Trinity se retient pour ne pas lui répondre.

« Et vous, ajoute la scientifique, ne vous faites pas d'illusions. Vous n'êtes qu'une conquête de plus. Je suis certaine qu'en ce moment... »

La Californienne s'accroche au bureau pour ne pas lui mettre une nouvelle claque.

La porte s'ouvre brusquement sur le cardinal Rattalino qui entre précipitamment.

« Nous devons repartir. Je viens d’avoir mon secrétaire au téléphone et des affaires pressantes m’obligent à rentrer immédiatement. »

47

« J'ESPÈRE que ce n'est pas trop grave, Monseigneur ? »

La BMW avale à nouveau l'autostrada A24, cette fois-ci en direction de Rome.

Trinity insiste.

« Je suis réellement désolée de vous avoir fait perdre votre temps. Il n'y avait rien à découvrir au laboratoire. »

Le visage fermé du prélat ne rassure pas la jeune femme. Elle se sent un peu coupable de l'avoir embarqué dans ce voyage. Mais, après tout, elle ne lui a rien demandé personnellement.

Elle hausse un sourcil, presque irritée.

Sa réaction la surprend. Elle ne se savait pas si pragmatique. Un changement de sujet s'impose.

« Je n'arrive pas à comprendre pourquoi l'erreur commise dans le laboratoire par Lucia et Gianmarco était si grave ? Cela peut arriver, non ? »

Le cardinal, toujours soucieux, se tourne vers elle.

« C'est très simple. Ils avaient calculé que les neutrinos allaient plus vite que la vitesse de la lumière. Ils arrivaient, si je me souviens bien, soixante nanosecondes, ou, si vous préférez, soixante milliardièmes de seconde en avance.
— C'est ridicule comme différence.
— Oui mais dans le monde de l'infiniment petit, c'est un écart trop important pour faire partie de la marge d'erreur et donc, théoriquement impossible. C'est une des lois fondamentales de l'univers établie par la science et rendu célèbre par Einstein, avec sa théorie de la relativité. Cette vitesse de la lumière, vous savez, c'est le fameux *c* de la formule $E=mc^2$, *c* signifiant célérité. »

Il met sa main à plat et la bouge vers l'avant comme pour mimer cette vitesse.

« Elle est constante et aucun autre type d'information, que ce soit un neutrino ou un autre élément avec une masse, ne peut se propager plus rapidement.
— C'est donc totalement impossible ?
— Oui. Oser dire le contraire, c'est devenir la risée de la communauté scientifique, croyez-moi.
— Mais pourquoi est-ce impossible ? On était convaincu auparavant que notre planète était plate. »

Le cardinal soupire.

« Parce que, en l'état actuel de nos connaissances, cette vitesse est une loi de la nature, comme la gravité qui nous cloue au sol. Déjà, si elle était légèrement différente, plus rapide ou plus lente, notre univers et aussi notre Terre, tels que nous les connaissons, ne pourraient exister et nous non plus. Ou alors, si des particules pouvaient aller plus vite que la lumière... »
Il hésite.
« ... disons que le futur serait relatif, pas exactement le même pour tout le monde.
— C'est fou...
— C'est bien pour cela que c'est impossible. Ou alors c'est possible mais nous ne pourrions exister pour en être témoins. Vous me suivez ? »

Elle hoche la tête. Rattalino regarde la route, devant lui.

« Et puis... mes affaires vont très bien. »

Trinity tourne vivement la tête vers le prélat, surprise. Ce sont les premiers mots que lâche le cardinal à ce sujet depuis leur départ de Gran Sasso.

« Ce n'est pas mon secrétaire que j'ai eu au téléphone mais le père Manzini. C'est vous apparemment qui avez des soucis. Je ne sais pas lesquels mais il a été clair : il fallait revenir de toute urgence. »

Elle pâlit. Rattalino poursuit.

« Je connais Manzini. Il ne plaisante pas avec ce genre de chose. »

Trinity ne répond pas. Les battements de son cœur se sont accélérés. On étouffe dans cette voiture. Son Éminence a détourné le regard et s'obstine à regarder par la fenêtre de sa portière, à nouveau ailleurs. Il tapote sur l'accoudoir entre les deux sièges. Sa chevalière de prélat brille. Il y a toujours ces deux lettres « V » gravées dessus et attachées par leur pointe, ce qui les fait ressembler à un grand « X ».

Trinity se laisse aller sur l'appui-tête. Voilà, pense-t-elle, c'est reparti. Quand cela finira-t-il ?

« Jamais !
— Pardon ?
— Jamais, reprend Speedy. Je ne te vois pas achever ta course-poursuite avant longtemps.
— Dis donc, tu as l'air d'avoir récupéré ?
— Oui, j'ai eu un beau trip, merci. Mais toi, tu n'en as pas terminé.
— Pourquoi ?
— Tant que tu t'obstineras à jouer les petites filles et à ne pas voir la réalité de ce qui t'arrive, cela va continuer.
— Qu'est-ce que tu en sais ?
— Moi ? Rien, je sens certaines vibrations à venir...
— Tu lis dans les cartes ? Tu vois le futur ?
— Tu n'as toujours pas compris ? Il n'y a pas de futur. Cela n'existe pas. Vous, les humains, vous insistez pour séparer, cloisonner, couper. Non, il n'y a qu'un grand tout, comme une grande vague infinie. Qui tourne sur elle-même. Le début est la fin et la fin est le début.
— Ça y est, Speedy, tu nous refais ton philosophe...

— Si j'étais toi, je serais prudente. Tu vas devoir faire un choix. Un choix crucial. Alors, écoute ton cœur...
— Qu'est-ce que tu veux dire ?... Speedy ?... Speedy ? »

Trinity se tourne, à gauche à droite, cherchant son Euxina partout mais il s'est évaporé.

Une peur panique prend Trinity à la gorge, une de ces peurs qu'elle avait oubliées depuis son arrivée en Italie. Comme si elle allait entrer en scène face à cent cinquante mille personnes, seule, sans texte et qu'elle avait soixante milliardièmes de seconde pour faire sa présentation.

Elle étouffe. Elle suffoque. Elle s'asphyxie.

« Je ne vais jamais y arriver ! »

48

« MAIS SI vous pouvez !
— Non, je ne vais pas y arriver ! C'est trop difficile !
— Faites un effort...
— Non, je n'aurai pas le temps !
— Allez, buvez. »

Les paupières de Trinity papillonnent. Elle est allongée. Une forte odeur d'alcool la rend nauséeuse. Ses yeux s'habituent à la lumière. Le cardinal Rattalino est penché sur elle. Son visage anguleux et ridé est trop proche.

Elle hurle et panique à nouveau.

« Laissez-moi ! »

Trinity se débat mais n'arrive pas à s'échapper. Le prélat la maintient en position allongée.

« Obéissez ! lâche-t-il. Buvez ! »

La Californienne ferme hermétiquement ses lèvres. Seuls des « hmmm » désespérés s'échappent de sa bouche, pendant qu'elle secoue frénétiquement la tête de droite à gauche. Pendant une seconde, cela lui rappelle ses séjours en clinique quand, enfant, elle voulait échapper à ses bourreaux, les infirmiers.

« Pour l'amour de Dieu, buvez ! »

Rien n'y fait. Trinity connaît son affaire. Quand elle se débattait pour ne pas être attachée à la table, une incroyable force la prenait. Elle ne pouvait être maîtrisée que par, au minimum, trois membres du personnel psychiatrique, après une lutte acharnée.

Ce n'est pas un vieux cardinal qui va réussir.

Elle s'arc-boute. Une de ses tactiques préférées. Impossible ainsi de la coucher et de l'aplatir sur le lit pour attacher les sangles. Il fallait que deux assistants en blouse blanche se placent sur elle pour réussir à fermer les harnais.

Au final, ils finissaient toujours par gagner et le cauchemar pouvait débuter.

Mais pas maintenant !

Trinity pousse un râle, le corps tendu.

Son Éminence se relève et fait un signe de croix.

« Mon Dieu, murmure-t-il, on dirait... »

Dans la cour du Belvédère, des têtes se tournent, des personnes se signent. Le froid picote Trinity. Elle ouvre à nouveau les yeux et ne voit que le plafonnier de la voiture. Elle se redresse et se rend compte qu'elle est allongée sur la banquette arrière de la BMW. Un petit attroupement s'est fait autour de sa portière ouverte.

Le cardinal tient toujours son bouchon de Glenmorangie à la main.

« Vous allez mieux, Trinity ?
— Oui, je crois... Que s'est-il passé ? »

De la paume, elle essuie sa joue, d'où a coulé un mélange de bave et d'alcool jusque dans son cou.

« Vous vous êtes endormie, dit le prélat en lui prenant le bras pour l'aider à se relever. Mais j'ai eu beau vous secouer, vous ne vouliez pas vous réveiller. J'ai cru que vous étiez évanouie et j'ai pensé qu'un verre d'alcool vous réanimerait. »

Trinity, maintenant assise sur la banquette, se glisse lentement hors de la voiture.

Le cardinal l'arrête.

« Allez-y doucement. Vous êtes encore faible. »

Elle lui jette un regard noir, attrape son bouchon et avale ce qui restait de Glenmorangie dedans. Une violente quinte de toux suit mais l'Américaine sent rapidement son corps se réchauffer.

Elle jette un œil autour d'elle.

Plusieurs prêtres, quelques nonnes, deux personnes en civil et un garde suisse en grande tenue l'observent toujours. En plus de son Éminence et du chauffeur de la BMW. Elle sent leurs regards gênés, comme s'ils venaient d'assister à quelque chose de surréaliste. Quelque chose qui nourrira les ragots du Saint-Siège jusqu'à demain.

« Bouh ! » lâche Trinity d'un coup, irritée par ces regards inquisiteurs.
L'ensemble des badauds sursaute et finalement se disperse, non sans que quelques prières soient marmonnées avec force signes de croix pour conjurer ce dont ils ont été témoins.

Le cardinal lui sourit.

« Je vois que vous retrouvez vos esprits...
— Ils n'ont jamais vu une personne évanouie ?
— Hum... Je dirais une aussi jolie femme que vous... non. Et puis, nous avons cru que vous étiez possédée, réellement ! Vous vous êtes mise à parler dans la langue des anges.
— Pardon ?
— La glossolalie, vous ne connaissez pas ?
— Non, Monseigneur ! Est-ce que je dois vous rappeler que je ne crois en rien de vos...
— Chut ! »

Rattalino vient de la couper.

« Ayez au moins du respect pour le lieu qui vous protège.
— Pourquoi dites-vous ça ?
— Je ne suis pas stupide et je connais trop bien Manzini.
— Que voulez-vous dire ?
— Venez, il fait froid. »

Sans plus un mot, le cardinal tourne les talons et se dirige vers une immense porte de bois sculptée. Encore chancelante, Trinity le suit, arrangeant ses cheveux, réajustant sa veste spencer.

Dans sa tête, une voix murmure.

« Prudence... »

49

LE CARDINAL RATTALINO salue quelques jeunes séminaristes mais ne ralentit pas.

Trinity, qui n'a pas encore retrouvé tous ses forces, doit courir pour ne pas le perdre de vue. Ils longent une avenue rectiligne avec un trafic de voitures et de camionnettes important. Au loin, elle aperçoit un des portails pour sortir du Vatican, avec des membres de la gendarmerie papale qui contrôlent les véhicules entrants.

Après quelques instants, son Éminence prend à droite et contourne une tour massive. Trinity, maintenant méfiante, tente de deviner ce qui a bien pu se passer pour que le père Manzini réclame leur retour aussi rapidement. La vivacité du prélat ne lui en laisse guère le temps.

Elle finit par le rattraper.

« Où allons-nous ? Pas dans cette tour lugubre ?
— Non, celle-ci, c'est la banque du Vatican. Mais nous sommes presque arrivés. Manzini nous attend. Surtout vous. »

Trinity est perplexe.

Il a dû trouver un moyen de la loger pour la prochaine nuit quelque part dans Rome et il est sans doute pressé de la voir sortir du Saint-Siège.

Ils longent une muraille et entrent dans une cour intérieure. Au fond est accroché un drapeau suisse et l'Américaine note qu'il y a de plus en plus d'hommes en uniforme qui circulent autour d'eux. Elle ralentit le pas.

Le cardinal se retourne.

« Ne vous inquiétez pas, nous sommes dans la caserne des gardes suisses.
— Que fait le père Manzini ici ? »

Rattalino lui ouvre une porte.

« Vous ne saviez pas ? C'est ici qu'il a son bureau. Au deuxième étage. »

De plus en plus hésitante, Trinity pénètre dans le bâtiment, suivie du prélat.

Un ascenseur les conduit à un couloir sombre mais propre et fonctionnel. Ils passent plusieurs portes en bois sculpté d'allure ancienne. D'autres gardes suisses les croisent, certains en uniforme à larges rayures oranges et bleues, d'autres avec une tenue de la même coupe mais composée d'une veste bleu marine et de pantalons bouffants rouges. Ils portent tous un casque ancien en métal qui ressemble à celui des Conquistadores, surmonté d'un plumet touffu blanc.

« C'est l'heure de la relève », lui glisse Rattalino.

Dans cette cohue de gardes qui se croisent, elle perd de vue le cardinal. Manquant plusieurs fois de se faire bousculer, elle cherche du regard le prélat.

Pendant un instant, la jeune femme a l'impression de se retrouver quelques siècles en arrière. Le cadre ancien, le flot des soldats, le bruissement des tissus, le cliquetis des armes, des hallebardes et des épées, complètent l'illusion. L'effet est tellement saisissant que pendant un infime moment – un milliardième de seconde ? – Trinity doute.

Elle tourne sur elle-même, ayant perdu tout sens de l'orientation, et observe, témoin passif, cette valse de mouvements hors du temps. L'illusion devient la réalité et le réel se perd dans sa mémoire. Cela ne la surprendrait plus de voir passer un des soldats taché de sang ou traînant, au bout d'une chaîne, un prisonnier.

Ce tout dernier mot provoque une onde subtile en elle.

Au même moment, un garde qui la contourne, en grande conversation sur son portable, brise le charme et la ramène à la réalité.

Elle souffle en se disant que son monde ne tient qu'à un fil.

Une vibration.

Le couloir se vide. Son Éminence l'attend au fond du couloir, devant une porte ouverte. Trinity s'avance, mal à l'aise. Elle voudrait faire demi-tour mais, pour aller où ?

Elle se sent prisonnière.

Une nouvelle vague, légère, la parcourt.

Et elle comprend. Elle ne sait pas pourquoi, comment, de quelle façon, mais dans son esprit un grand rideau se lève.

Lorsqu'elle va passer cette porte, elle ne sera plus libre. Elle le sait. Tous les signes sont clairs. Elle réalise qu'elle l'a senti, sans y croire. Qu'en fait, elle a toujours senti ces choses-là.

Tous ces détails de la vie que l'on ne remarque pas ou que l'on met sur le compte du hasard. Toutes ces petites sensations fugaces que l'on attribue à la fatigue, au stress ou à notre tendance à trop analyser le moindre détail.

Trinity réalise que depuis son enfance, elle a passé son temps à gommer, effacer, étouffer tous ces petits messages qui fleurissent en elle et qui doivent trouver leur exutoire.

Ils doivent glisser, vibrer et s'échapper. On ne peut leur résister en se raisonnant. On ne peut les bloquer. L'instant est leur unité de mesure. Ils sont beaucoup trop vifs pour nous. Aussi rapide que le *c* de $E=mc^2$.

Voire plus, même si c'est impossible.

Elle aurait envie de remonter dans ses souvenirs de femme pour revivre certaines situations et comprendre ces signes qui forment une langue subtile.

La langue des anges, a dit le cardinal.

La langue du cœur, plutôt.

Plus calme, Trinity inspire et s'engage dans la pièce.

50

ELLE trouve le bureau du père Manzini assez grand, meublé avec goût. Deux hommes en uniforme de la gendarmerie papale et un autre en civil se tiennent debout près de la fenêtre, silencieux.

Le jésuite, assis à son bureau, l'air solennel, l'observe. Ses yeux bleus sont troublés.

« Asseyez-vous, Trinity.
— Qu'y a-t-il ? »
Elle ne s'assoit pas.
« Qui sont ces hommes ?
— S'il vous plaît, prenez un siège. La situation est suffisamment difficile. »

La Californienne finit par obtempérer. Sur la table basse, à côté du siège, son sac à dos l'attend. Fermé.

Le cardinal Rattalino reste en retrait, assis dans un fauteuil.

« Je vais aller droit au but. Nous avons reçu une demande officielle de l'ambassade américaine au Saint-Siège vous concernant. Une demande d'extradition. »

Trinity encaisse difficilement le coup, estomaquée.

« Mais pourquoi ? Ils emploient les grands moyens ? »

Le jésuite secoue la tête.

« Vous êtes recherchée comme simple témoin dans le cadre de l'enquête qui vient de s'ouvrir sur la disparition de Gianmarco Bacchiesi, sur le territoire des États-Unis. Selon les papiers officiels que j'ai sous les yeux, vous êtes la dernière à l'avoir vu et donc, la police américaine voudrait vous interroger.
— Mon père, je vous ai déjà tout raconté ! Vous connaissez la vérité ! »

Manzini jette un coup d'œil aux trois hommes avant de revenir vers Trinity.

« Ici, vous êtes sous la juridiction souveraine du Vatican, donc à l'abri. Malheureusement, il m'est difficile de vous garder...
— Ah oui ? Vous allez me livrer pieds et poings liés à mes bourreaux ? Ceux qui sont derrière la disparition de Gianmarco ? »

Le ton est monté.

« Même chez vous, dans votre appartement, vous ne pouvez pas trouver une place ? »
Elle se tourne pour regarder autour d'elle.
« Ici, dans ce grand bureau ? Sur ce canapé ? »

Au loin, le cardinal Rattalino approuve de la tête. Elle revient vers Manzini.

« Qui sont ces hommes ? Et puis, quel genre de prêtre êtes-vous ? Dans un bureau pareil ? Vous faites la loi au Vatican ? »

Le père Manzini soupire et se lève. Il s'approche des trois hommes pour leur glisser quelques mots en italien puis vient s'asseoir sur le siège aux côtés de Trinity.

« Ils ne font que leur travail de policier. Ils ont ordre de vous remettre aux autorités de votre pays. Je ne peux pas créer un incident diplomatique entre nos deux nations en vous gardant ici, je suis sincèrement désolé. En plus, vous n'êtes accusée de rien. Votre police désire juste recueillir votre témoignage. Vous comprenez ? »

Elle ne répond pas. Son intuition était juste. Elle est déjà prisonnière.

« Si vous refusez, là oui, selon l'ambassadeur, il pourrait y avoir une demande officielle d'extradition avec tout ce que cela implique. »

Trinity baisse la tête. La nasse se referme.

« Maintenant, il y a deux façons d'agir. Soit nous vous remettons immédiatement à l'ambassadeur américain qui s'occupera de vous rapatrier par un vol commercial, soit... »

Il hésite.

« Soit je vous fais confiance et je vous laisse partir à bord d'un vol privé en direction des États-Unis. Vous vous poserez où vous voulez et, une fois là-bas, vous contacterez vous-même les autorités, faisant ainsi preuve de votre bonne foi pour témoigner.
— La bonne blague !
— Vous préférez l'humiliation de rentrer encadrée par des policiers, aux yeux de tous ? »

Trinity baisse la tête.

« Non.
— Une fois de plus, je vous en prie, acceptez mon offre. En vol, là-haut, pendant votre retour chez vous, vous aurez tout le temps de méditer et de faire confiance à ce que vous dira votre cœur.
— ...
— D'accord ? »

Prisonnière. En mettant le pied aux États-Unis, elle sera prisonnière et ne doute pas une seule seconde que Jeffrey et sa bande pointeront rapidement le bout de leur nez. Ils sont même sans aucun doute à l'origine de cette demande.

Trinity se dit que si elle doit abandonner maintenant, elle le fera sur un coup d'éclat. Elle va leur montrer, à tous ces hommes qui se croient supérieurs, qui manipulent, qui abusent, ce dont elle est capable.

Perdue pour perdue.

L'idée se forme dans sa tête. Elle va leur montrer qu'elle est libre, jusqu'au bout. Oui, ils auront beau la barricader, la bloquer, la menotter... elle est libre !

Elle pense à la nonna qui lui a tant appris. Femme fière ayant brisé ses chaînes. Elle a payé le prix fort, assumé les conséquences, mais personne n'a jamais pu étouffer sa voix.

Elle murmure. Une litanie susurrée entre ses lèvres.

« Mes pensées sont miennes et personne ne pourra jamais plus les dompter.... les asservir... les régenter...
— Pardon ? »

Le père Manzini n'est pas rassuré par l'éclat qui apparaît dans l'œil de l'Américaine alors qu'elle le fixe maintenant droit dans les yeux.

« Alors, Trinity... vous me promettez ?
— Oui, là-haut, je méditerai. »

Le prêtre se redresse, mal à l'aise. La voix de la jeune femme émet des vibrations étranges.

À l'arrière, le cardinal Rattalino se signe lentement.

Elle se lève d'un coup et attrape son sac.

« Je suis prête. »

Elle fait demi-tour et aperçoit le prie-Dieu, mal caché par le rideau. Au-dessus, elle fixe le crucifix de bois et l'observe quelques instants, envahie d'une sensation bizarre. Il a une histoire, il y a un enfant derrière, une innocence perdue. Elle le sent.

Elle se retourne brusquement vers le père Manzini.

Il ne peut s'empêcher de détourner le regard.

« Où voulez-vous que l'avion vous dépose ? »

Elle regarde à nouveau le petit crucifix.

« Chez moi, à San Diego. »

51

LE RONRONNEMENT des moteurs favorise l'assoupissement.

Dans la cabine du jet affrété par le Vatican, les larges fauteuils sont d'un moelleux irrésistible. Trinity résiste pourtant sans problème au sommeil. Sa situation et ce qu'elle s'apprête à accomplir ne lui donnent aucune envie de dormir.

Il va falloir être très habile.

Elle observe le cardinal Rattalino depuis plusieurs minutes, attendant le bon moment. Il la raccompagne au pays. Histoire, sans doute, d'être certain que tout se passe bien. Manzini ne s'est pas proposé et c'est tant mieux.

Sur la tablette du prélat, le bouchon de Glenmorangie est vide. Il pique du nez pour la énième fois et cette fois-ci ne relève plus la tête, endormi.

Lentement, Trinity détache sa ceinture et se lève de son siège. Debout, sa tête touche presque le plafond de l'avion. Elle s'avance, passe le coin de l'hôtesse qui somnole et atteint la porte du cockpit. Elle frappe avant d'ouvrir. Les deux pilotes sont à leur place, l'un, à gauche, consultant une carte et l'autre buvant une boisson chaude.

Au-delà des hublots, il n'y a que du bleu azuréen reposant sur une couette de nuages blanc.

Le pilote de droite repose sa tasse.

« Tout va bien, Mademoiselle ?
— Oui, merci. Je peux changer de direction ?
— Bien entendu. Nous avons ordre de vous emmener là où vous le désirez. Nous modifierons simplement le plan de vol et supprimerons l'atterrissage à San Diego. Où voulez-vous aller ? »

Trinity observe une dernière fois ce ciel majestueux et magnétique avant de parler.

Le pilote hoche la tête.

Les dés sont jetés.

Désormais, elle ne pourra plus faire marche arrière.

52

LES ROUES touchent le tarmac en douceur.

Les moteurs hurlent pour freiner l'appareil. Rapidement, il s'approche des bâtiments de l'aéroport. Chacun récupère ses affaires et se dirige vers la sortie.

Christina, elle, a mal dormi.

Elle suit la file de passagers qui rejoint rapidement le carrousel de Logan International Airport.

Elle attrape son grand sac à dos et cherche ensuite les sorties pour rejoindre le métro. Elle erre dans les couloirs où se croisent les voyageurs du matin pressés de commencer leur journée. La plupart sont des hommes d'affaires, juste arrivés, comme elle, de la côte Ouest.

À l'extérieur, le ciel est gris et toutes les pistes sont bordées de congères. Boston vient d'essuyer un autre blizzard.

Emmitouflée dans son anorak, Christina garde ses bras croisés tout en marchant. Son angoisse a augmenté depuis son licenciement. Elle avait accepté d'aider Trinity pour lui rendre service. Maintenant, c'est plus une bouée de sauvetage qu'autre chose.

La Salvadorienne a fait ses comptes.

Elle va pouvoir rester sans travailler pendant un certain temps. Son job de coiffeuse à temps partiel arrondit ses fins de mois. Elle a aussi songé à se lancer dans les coupes à domicile mais avant que cela ne fonctionne et rapporte assez d'argent, il faudra du temps.

Alors, la proposition de Trinity et la grosse enveloppe remise par son oncle et avocat, Harvey Wilkins, lui apportent une belle bouffée d'oxygène. Inattendue.

Arrivée aux entrées du métro, elle achète un pass qui lui permettra d'utiliser à volonté le « T », surnom du métro bostonien.

Une autre angoisse vient se greffer à ses soucis.

Comment remplir correctement sa mission ?

Elle, petite Latino, doit se frayer un chemin jusqu'à ce Davenport, grand chimiste des laboratoires Marck et, si possible, lui tirer les vers du nez.

Comment s'y prendre ?

Lors de leur dernière conversation au téléphone, Trinity lui avait dit que ça allait, qu'elle voyageait à travers l'Italie, qu'elle comptait sur elle pour Boston. Elle l'avait ensuite remerciée avec insistance et lui avait dit de faire un câlin à Célestina... et puis, elle avait raccroché brusquement.

Certes, Trinity, lui a aussi confié un argument de poids pour convaincre Davenport mais cela suffira-t-il ?

Christina redresse la tête.

« Ce n'est pas le moment de flancher », murmure-t-elle.

Combien de fois a-t-elle dû affronter des situations difficiles dans sa vie ? Elle s'en est toujours sortie. Les horreurs de la guerre civile au Salvador, l'immigration illégale vers les États-Unis, les petits boulots, elle a survécu à tout, grâce à Dieu !

Et elle n'a pas vendu son âme. Cela, plus que tout, la rend fière.

Elle se signe, guettant l'arrivée du métro.

Elle a commis des erreurs, comme son mariage raté. Si son mari avait coopéré après la naissance de Célestina, elle aurait pu s'épanouir plus rapidement. Mais, de toute façon, elle a appris de tout cela.

Cela dit, malgré son apparence forte, intérieurement, il lui arrive de douter.

Si Oscar savait !

Il la considère comme une héroïne.

Christina finit par sourire. Il est gentil, Oscar, il a encore une fois fait des pieds et des mains pour l'accompagner sur la côte Est et elle a dû sérieusement le menacer afin qu'il retourne à son travail et à sa passion de la cuisine.

Elle a quand même été obligée de lui promettre d'appeler tous les jours afin de les rassurer, Célestina et lui. Oscar voulait même livrer quotidiennement des repas à sa fille mais là encore, elle a dû mettre le holà.

La Salvadorienne ne doute pas des talents culinaires du chef du Four Seasons mais elle préfère que sa fille mange une cuisine toute simple. Et c'est une nouvelle fois Inès qui s'en occupe, comme lors de son séjour mouvementé à San Diego.

Sa rame, rouge et blanche, au look rétro, arrive dans un lourd cliquetis de métal.

Et puis, il reste toujours ces zones d'ombre sur Trinity qui la chiffonnent. Elle est en train de reconstituer le puzzle de la vie de son amie grâce, en partie, aux confidences d'Harvey Wilkins.

Elle monte dans le métro.

Christina a l'impression qu'en découvrant le passé de Trinity, elle se connaîtra mieux elle-même.

Les portes de son compartiment se referment.

Elle aperçoit une large bannière déployée sur le quai opposé et hoche la tête. En la lisant, Christina se dit qu'elle va aimer cette ville.

En grandes lettres rouges, y est inscrit : « Boston Strong ».

53

LE HALL D'ENTRÉE des laboratoires Marck, au cœur de Downtown, est immense.

Ici, tout est fait pour impressionner.

Et ça marche.

Christina, intimidée, s'approche de la réceptionniste, une brunette avec trop de fard à joues et un micro fin accroché à son oreille. Froide comme un glaçon, elle lui demande par deux fois qui elle veut voir.

« Vous avez bien dit monsieur Davenport ?
— Oui, j'ai un document à lui transmettre.
— Donnez-le moi, je le confierai à son assistante.
— Non, je dois lui remettre en main propre.
— Monsieur Davenport ne reçoit que sur rendez-vous.

— Donnez m'en un.
— Son assistante est la seule habilitée à organiser son agenda.
— Je peux lui parler ? »

Irritée par sa résistance, la réceptionniste pointe d'un geste froid un téléphone au bout du comptoir en marbre gris.

L'assistante est un peu plus chaleureuse. Elle lui explique que Paul Davenport ne peut la recevoir maintenant car son planning est complet pour les deux prochaines semaines.

« Pouvez-vous lui faire passer un message ?
— Oui, je le lui remettrai quand je le verrai.
— Non, il faut lui transmettre tout de suite, c'est extrêmement urgent, s'il vous plaît...
— Je vais voir ce que je peux faire. Quel est ce message ? »

Christina hésite.

« Dites-lui... Dites-lui qu'il a oublié dans sa chambre, la 886, au Four Seasons de Las Vegas, un document important.
— C'est tout ? Donnez-le moi, je vous envoie quelqu'un pour le récupérer en bas.
— Non, répétez-lui juste ce message avec le numéro de la chambre, 886, tout de suite. J'attends dans le hall. »

La Salvadorienne raccroche avant que l'assistante ne réagisse. Satisfaite de sa stratégie, elle va s'asseoir dans un des larges fauteuils en cuir anthracite, face à la réception.

La brunette trop fardée lui jette un regard noir.

Christina prend son mal en patience, observant le ballet incessant des personnes entrant et sortant du hall. À l'autre bout, des vigiles contrôlent chaque badge avant de faire passer les visiteurs sous un portique, qui lui-même donne accès aux ascenseurs.

Plus rapidement qu'elle ne l'aurait espéré, un homme à lunettes, ventru et bretelles apparentes sous sa veste ouverte, s'avance vers elle. Exactement comme sur le document.

« Qu'est-ce que vous voulez ?
— Paul Davenport ?
— Qu'est-ce que vous voulez ?
— Est-ce que je dois étaler vos petits secrets dans le hall de votre employeur ? »

Christina pointe du regard vers la brunette. Là-bas, la réceptionniste n'en revient pas et a discrètement ôté l'oreillette de son micro casque pour tenter de saisir leur échange.

Davenport se retourne, agacé, avant d'attraper Christina par le bras. Il l'entraîne sans ménagement vers la sortie, donnant ainsi l'impression de se débarrasser d'une intruse.

Une fois dehors, dans le froid polaire de la capitale du Massachusetts, l'ingénieur chimiste relâche quelque peu sa prise. Il l'emmène de l'autre côté de la place jusqu'à un Dunkin Donuts.

À l'intérieur, assis sur une banquette peu confortable, face à elle, il s'impatiente à nouveau.

« Qu'est-ce que vous me voulez ? Je ne vous connais même pas ! »

Silencieuse, essayant de garder son calme, Christina ouvre son sac et en sort une enveloppe. Elle la glisse vers son interlocuteur. Ce dernier la déchire et en tire une simple feuille A4 sur laquelle est imprimée une photo.

Alors qu'il la détaille, il pâlit, clignant plusieurs fois des yeux derrière les verres épais de ses lunettes.

« Comment avez-vous eu ça ? »

Christina ne répond pas tout de suite. Elle veut qu'il s'imprègne bien de l'image et des conséquences catastrophiques pour lui si celle-ci venait à tomber entre des mains peu scrupuleuses.

« Elle n'était pas si cruche que ça, votre victime. Vous pensiez abuser d'une pauvre femme à la dérive en la faisant boire et en lui donnant des pilules. Vous n'êtes qu'un salaud ! »

Christina a haussé le ton.

« Plus bas, s'il vous plaît !

— Je me moque, moi, de votre réputation et de votre prestige. De combien d'autres avez-vous abusé avant elle ? Je ne sais pas ce qui me retient de vous... »

Sur sa banquette, Christina serre son sac de toutes ses forces, les articulations de ses mains devenant blanches. Le chimiste se recule.

« Quand vous avez ouvert la porte de la chambre, vous ne vous attendiez pas à ça... Qu'elle vous envoie un coup d'iPhone à la tête. Comme vous étiez vous aussi bien imbibé, vous êtes tombé en arrière, chemise ouverte, ventre à l'air, dégoûtant. Pendant ce temps, elle prenait une photo et vous arrachait ces maudites pilules... »

Davenport a les yeux baissés.

« Qu'est-ce que vous voulez ? De l'argent ?
— D'abord, c'est quoi, ces comprimés ?
— Un... un mélange expérimental que je voulais tester...
— Vous êtes fou ? Vous lui avez donné des trucs sans en connaître les effets secondaires ? »

Davenport relève la tête, main sur la poitrine.

« Je suis le meilleur dans mon domaine. Je sais ce que je fais et je vous garantis que...
— Et pourquoi ce chercheur italien s'est retrouvé dans la même chambre que vous, le lendemain ?
— Ah... ça, ce n'est pas un hasard...
— Mais encore ? Dépêchez-vous, je n'ai aucune patience pour des loques comme vous... »

Davenport enlève ses lunettes et se frotte le visage de ses mains. Il commence à trembler. Ses yeux globuleux tentent de se fixer sur Christina.

« Écoutez, c'est compliqué. Il me faut du temps pour vous expliquer et que vous compreniez le danger. Je ne peux pas maintenant. Vous pouvez venir me voir demain matin ?
— Où ?
— Dans mon bureau, à 7 h, avant l'arrivée des autres employés. Je ne veux pas que tout cela s'ébruite. Un badge sera prêt pour vous. Votre nom ?
— Prudencia Ayala. »

Il le note sur un calepin qu'il sort de sa poche.

« Vous me promettez de détruire le fichier de la photo ?
— Oui, si vous me donnez des explications satisfaisantes. »

Il hésite une seconde.

« Je... je voudrais...
— Quoi ?
— Les pilules...
— Elle les a avalées ! Et moi aussi, une. Vous auriez pu nous tuer ! »

Le chimiste se redresse une nouvelle fois.

« Impossible ! Je vous l'ai dit, je suis toujours prudent dans mes dosages. Je ne suis pas un amateur...
— Et vos victimes, vous y avez pensé ?

— Justement... C'est ce que je voudrais savoir. Elle a réagi comment au dosage ? Et vous ? »

Il y a une lueur de curiosité dans ses yeux. Le sang de Christina ne fait qu'un tour.

« Dégagez ! Vous vous moquez bien de celles que vous avez droguées ! Et pas de coup fourré, d'accord ? J'ai pris mes précautions au cas où il m'arriverait quelque chose. »

Davenport bat des paupières et s'extirpe de la banquette avec difficulté. Comme un voleur, il s'échappe du Dunkin Donuts, le regard bas.

La Salvadorienne l'observe s'éloigner.

A-t-elle bien joué ? Va-t-il mordre à l'hameçon ? Elle aurait vraiment dû prendre ses précautions.

Elle mange un bout du donut qu'elle avait commandé, sans appétit.

Trinity l'étonnera toujours. Où a-t-elle trouvé la force de frapper, de sang-froid, cette ordure et de prendre un cliché ?

Quelle femme !

Christina se sent fière d'être son amie et de l'aider.

Elle a envie de la revoir, et vite.

54

Il fait encore nuit.

Le grand hall est encore plus froid.

De plus, il est vide, sans aucun bruit, si ce n'est celui d'un employé qui passe une surfaceuse sur le sol marbré, près des ascenseurs.

La réceptionniste, une femme de couleur, accueille Christina avec un sourire. Cela change de la brunette surmaquillée et robotique.

« Bonjour, bienvenue au siège des laboratoires Marck. Vous êtes bien matinale !
— Oui, j'ai un rendez-vous tôt ce matin avec monsieur Davenport.
— Votre nom, s'il vous plaît ?

— Ayala. »

La secrétaire pianote sur son clavier avant de hocher la tête.

« Très bien. Voici votre badge. Allez jusqu'aux ascenseurs et prenez ceux de gauche. Ce sont les seuls qui vont aux étages supérieurs. Au 42e, sortez sur votre droite et vous verrez tout de suite, en face de vous, la porte des bureaux de monsieur Davenport. Frappez et entrez, sa secrétaire n'est pas encore arrivée. Bonne journée !
— Merci. Et pour les contrôles ? »

Christina pointe du doigt les portiques de sécurité et les barrières fermées.

« C'est encore trop tôt ce matin. Ne vous inquiétez pas, je suis certaine que vous n'avez pas de bombe sur vous. Il vous suffira de soulever la barrière. »

Un peu surprise, la Salvadorienne s'avance vers les ascenseurs. Elle passe sous un portique, s'attendant à entendre une alarme, mais rien ne se produit. Ensuite, elle doit soulever de la main la petite barrière en plastique qui lui bloque la route.

Là aussi, pas de souci.

Elle se retourne pour regarder la réceptionniste toujours souriante. L'employée lui fait un grand signe de la main.

Elle arrive aux ascenseurs et passe à côté du technicien qui continue à astiquer le sol. Le bruit de l'appareil est sourd, étouffé. L'homme porte des écouteurs. Il remue la tête sur un rythme continu.

Christina entre dans l'un des ascenseurs et patiente, de plus en plus angoissée à mesure qu'elle grimpe les étages. Elle essaie de se calmer en prenant plusieurs grandes respirations.

Tout va bien se passer.

Une sonnerie discrète lui indique qu'elle est arrivée au 42e.

Elle sort, regarde à droite et aperçoit une porte. Elle s'avance et lit le nom de Paul Davenport inscrit en grandes lettres.

Après avoir frappé, elle pousse la porte.

Un bureau en forme de « L » avec tout l'équipement d'un secrétariat occupe l'un des côtés. De l'autre, sont disposés quelques fauteuils. La pièce est vide.

« Il y a quelqu'un ? »

Sa voix n'est pas assurée. Elle n'aurait pas dû accepter ce rendez-vous matinal. C'est une chose de traiter ce type de salaud en plein jour mais maintenant, seule, elle n'a plus du tout la même hargne. Pour se donner du courage, elle pense à Trinity et aux abus de Davenport.

À côté du bureau, une porte entrouverte laisse passer un rai de lumière.

La mère de Célestina s'approche et frappe deux petits coups, légers.

« Entrez. »

Pendant une fraction de seconde, la Salvadorienne veut repartir en courant, s'enfuir, disparaître.

Ce n'est pas la voix de Davenport.

Malgré tout, elle ouvre et entre.

Un imposant bureau lui fait face.

L'homme qui est assis derrière n'est pas Davenport.

Quand elle le reconnaît, Christina pousse un cri.

Mais c'est trop tard.

55

LES YEUX CLAIRS, la peau sombre et le sourire félin.

Un bouc parfaitement taillé et des cheveux mi-longs ramenés en arrière, clairsemés.

Une silhouette empâtée qui pour l'instant se balance sur le dossier du grand fauteuil derrière le bureau de Davenport.

« Que faites-vous ici ? » murmure Christina, figée.

Le lieutenant Bremmer lève une main molle avant de la laisser retomber sur le presse-papier.

« Je pourrais vous poser la même question.
— Ma vie privée ne vous concerne pas.
— Il semblerait que si. »

Bremmer réajuste sa cravate et tire sur les plis de sa veste sombre.

« Allez, commençons par le commencement. Asseyez-vous et dites-moi ce que vous lui vouliez, à Paul Davenport.
— Je n'ai pas du tout l'intention de vous répondre.
— Pourtant les caméras de surveillance ont été claires. La photo que vous lui avez montrée l'a vraiment décontenancé. »

Christina hausse les épaules pour donner le change mais intérieurement, elle panique. Comment cet officier de la police de San Diego peut-il se trouver ici au petit matin, à l'autre bout du pays, en lieu et place de la personne la plus importante pour aider Trinity ?

« Vous ne voulez pas répondre, c'est ça ? »

Le sourire félin s'élargit.

« Miracle du progrès technique ! Par le portable de Davenport, nous avons pu écouter toute votre conversation.
— Alors, si vous êtes si bien au courant, pourquoi me posez-vous toutes ces questions ?
— Le plaisir ! Tout simplement le plaisir d'observer vos réactions. »

Christina hausse à nouveau les épaules. Il poursuit.

« Trinity Silverman est décidément insaisissable. »

La Salvadorienne se raidit à nouveau.

« Vous voyez ? C'est amusant et je prends beaucoup de plaisir à ce petit échange. Encore mieux qu'à San Diego. Cette fois-ci, il n'y aura pas de Wilkins pour venir vous aider. »

On entend des murmures dans une pièce attenante au bureau dont la porte est restée entrouverte. Bremmer continue son monologue, visiblement amusé.

« Le problème que j'ai avec vous, Christina, c'est que là où vous êtes présente... il y a toujours des coups de feu. Comment faites-vous ça ? Vous cherchez les ennuis ? »

La mère de Célestina fronce les sourcils.

« Qu'est-ce... Que voulez-vous dire ?
— À San Diego, il y a eu un coup de feu tiré par un mystérieux voisin, n'est-ce pas ? »

Elle regarde autour d'elle, ne comprenant toujours pas. Bremmer savoure le moment. Il continue.

« Oh, ici ?... Pardon, j'ai oublié de vous montrer. »

Il se lève, lisse son veston et se dirige vers la porte derrière lui. Il l'ouvre et une lumière crue envahit le bureau. Il fait signe à Christina.

« Venez voir. »

La Salvadorienne fait un effort pour que ses jambes ne cèdent pas sous son poids. Le souffle court, elle s'approche. Paternel, Bremmer lui passe un bras autour des épaules. Elle n'a pas la force de se dégager. Il la pousse en avant.

« Allez, venez, il ne vous fera pas de mal. »

La pièce est un simple salon avec deux fauteuils et un grand canapé en cuir noir sur lequel Davenport est assis, immobile.

Ce qui cloche, c'est sa tête.

Tournée sur le côté, dans un angle inhabituel.

Christina tente de maîtriser sa respiration mais c'est peine perdue. À mesure qu'elle comprend, ses mains puis ses bras se mettent à trembler de façon incontrôlable. Ses genoux deviennent cotonneux. Ses jambes la soutiennent à peine.

La dernière fois qu'elle a vu un cadavre, c'était celui de l'oncle Vitório, lorsqu'elle était petite. Voilà que le cauchemar oublié reprend. Terrifiée, elle porte ses mains à sa bouche.

Un peu de sang a coulé de la tempe de Davenport. Sa main droite, posée sur le canapé, tient un pistolet.

Christina, pétrifiée, ne remarque même pas les deux autres personnes dans le salon. Elles portent des gants blancs et fouillent la pièce.

Bremmer la tire lentement par les épaules pour la ramener dans l'autre pièce. Il la fait asseoir et prend place à nouveau derrière le bureau.

« Vous voyez ? Je vous retrouve toujours là où il y a des coups de feu et à chaque fois ceci est lié au cas Silverman. »

Christina, toujours choquée, se signe et murmure quelque chose entre ses lèvres.

Le sourire félin se réduit.

« Il serait peut-être temps de collaborer, non ? »

Christina hoche la tête, ailleurs.

« Bien. Où se cache Trinity Silverman ?
— En Italie, du côté de Rome. »

La réaction de Bremmer est instantanée. Il frappe du poing sur le bureau.

« Ça suffit, Vasquez ! On a dit col-la-bo-rer ! J'ai été assez gentil avec vous, non ? Arrêtez de me raconter des histoires ! Où se trouve Silverman ? »

Ne comprenant plus rien, ébranlée dans tout son corps, Christina bafouille.

« Je... je vous assure... Elle est en Italie...
— C'est impossible !
— Si... Elle me l'a dit... »

Le filet de voix s'éteint. Christina n'a plus de force pour lutter.

Bremmer, lui, se dresse derrière son bureau, enragé.

« Vous mentez pour la protéger et cela vous conduira à votre perte ! Ça vous apprendra à mettre votre nez dans les affaires des autres !
— Je n'ai rien à voir avec le suicide de Davenport. »

Bremmer se rassoit, soudain calme. Le sourire prédateur est revenu.

« On y croirait, n'est-ce pas ? »

La Salvadorienne, trop chamboulée, ne répond pas. De nouveau, elle ne saisit pas.

« Hier soir, Paul Davenport n'a pas quitté son bureau et tard, dans la nuit, il s'est tiré une balle dans la tête. »

Christina fixe la moquette.

« Nous sommes arrivés vers deux heures du matin avec la police locale, suite à un appel d'un vigile qui l'a découvert en faisant sa ronde. En examinant son carnet de rendez-vous, qu'est-ce que nous découvrons ? Que vous aviez rendez-vous avec lui ce matin ! Le temps d'éplucher les enregistrements des caméras et d'écouter les conversations de Davenport, nous avons alors décidé de vous attendre tranquillement, sans vous alarmer.
— Pour... pourquoi ?

— Vous voyez, on vous suit depuis San Diego, puis Las Vegas et maintenant... ici où vous nous servez un joli cadavre tout frais.
— Vous me suivez ? Mais, je n'ai...
— Attendez, Christina, je vous garde le meilleur pour la fin. »

Le regard de la Salvadorienne montre toute la terreur qui l'a envahie. Bremmer choisit ses mots avec délectation.

« Il y a des choses encore plus... surprenantes, vous savez ? »

Christina n'en peut plus. Elle s'effondre dans le fauteuil, enfouissant sa tête entre ses mains.

« Davenport ne s'est pas suicidé. »

La Salvadorienne se redresse, les yeux effarés.

« Oui, oui, il n'a pas mis fin à ses jours. On l'a aidé. La position de la tête, la trajectoire de la balle, cela ne colle pas. On a voulu maquiller ça en suicide, très mal d'ailleurs, mais c'est bien d'un meurtre qu'il s'agit. »

La mère de Célestina hoquette, désespérée.

« Je n'ai... rien fait.
— Je sais. On n'a retrouvé qu'un seul type d'empreintes, bien claires, sur le pistolet, une arme de la dernière guerre. Sans même les toucher, on a déjà pu les numériser et lancer notre programme d'identification. C'est fou ce que le progrès peut nous aider. »

Christina ne répond pas à la bonne humeur de Bremmer, figée dans sa douleur.

« Et bingo ! Il n'aura pas fallu plus de dix minutes pour trouver à qui appartenaient ces empreintes. C'est amusant, on venait juste de les récupérer dans une maison de la banlieue de San Diego, quelle chance ! »

L'ironie dans la voix du policier ne fait que plus de mal à Christina.

« Un mandat d'arrêt a déjà été lancé. »

La Salvadorienne détourne la tête, écœurée.

« Trinity Silverman devra répondre du meurtre de Paul Davenport. »

« *Un pensiero nemico di pace.* »

– G. F. Haendel

REMERCIEMENTS

Merci infiniment à toutes et à tous de suivre aussi fidèlement les aventures de Trinity et de Speedy. Nous sommes arrivés à mi-parcours de leur histoire, cela mérite bien un petit commentaire ?

www.amazon.fr/review/create-review?asin=B00RAR9ZXO#

Nous avons ri, nous avons souffert, la situation est critique mais il faut garder la foi. Peut-être que cela va s'améliorer ? Pour en savoir plus, vous pouvez déjà découvrir les premiers chapitres du volume 6 sur cette page :

lafemmesanspeur.com/via-kindle/

Sinon, suivez de près *La femme sans peur* sur son site web et sa page facebook :

http://lafemmesanspeur.com

www.facebook.com/lafemmesanspeur

Vous pouvez également me contacter directement à cette adresse :

jp@revoperso.com

Pour ce volume 5, j'avais décidé de rendre hommage à de vraies femmes sans peur, celles de la vie de tous les jours, celles qui qui nous entourent et qui sans se plaindre, font leur travail avec courage et dignité. Avec Momoko Fléchet, nous avons lancé un appel sur son blog et finalement choisi 5 histoires de femmes sans peur.

Voici donc les noms de ces 5 femmes formidables :

Marlène Le Besnerais
Irma Klinkenberg
Josiane Petit
Cécile Courtel
Ginette Billon

Pourquoi les honorons-nous ? Découvrez leur histoire sur cette page :

lafemmesanspeur.com/a-lhonneur-dans-le-volume-5/

Si vous connaissez une personne qui mériterait de figurer sur cette liste, n'hésiter pas à m'en parler et peut-être que nous la choisirons pour faire parti des femmes honorées dans le volume 6.

Enfin, un grand merci à toutes celles et ceux qui m'aident, parfois avec des délais extrêmement courts, à créer cette saga de La femme sans peur. Je veux spécialement saluer ici : Jacques Armero, Raffaella Arzese, Michael Bulgrin (design), Stéphane Bourges, MarieBo, Florence Clerfeuille (correction), Momoko Fléchet, Nicolas Jeanmonod (mise en forme Kindle) Sarah Loven (photo), Catherine Marchat, Sylvie Parthenay, Marie-Cécile Sacquet, Liane Silwen, Baka Teyutto et Anfogdo, lieu de tous les possibles.

Ce livre est dédié à Samira Saleh Al-Nuaimi, une vraie femme sans peur.

Édition du 5 janvier 2015
Réalisée par Nicolas Jeanmonod
nicolas.jeanmonod@gmail.com
Versions Mobi 7, KF8 & PDF

~oOo~

14257060R00194

Printed in Poland
by Amazon Fulfillment
Poland Sp. z o.o., Wrocław